ALBERGUE DOS VENTOS

Alceu Amaral

ALBERGUE DOS VENTOS

Editora Sulina

Capa: Humberto Nunes (sobre foto de Elisa de Freitas Kisner)
Projeto gráfico e editoração: Cristiano Marques
Revisão: Roberta Pedroso e Simone Ceré
Editor: Luis Antônio Paim Gomes

Dados Internacionais de Catalogação na Publicação (CIP)
Bibliotecária Responsável: Denise Mari de Andrade Souza – CRB 10/960

A485a Amaral, Alceu

Albergue dos ventos / Alceu Amaral. – Porto Alegre: Sulina, 2024.
104p.; 14x21cm.

ISBN: 978-65-5759-173-4

1. Literatura Brasileira - Contos. 2. Contos Brasileiros. I. Título.

CDU: 821.134.3(81)-34
CDD:B869.3

Rua Leopoldo Bier, 644, 4º andar – Santana
CEP: 90620-100 – Porto Alegre/RS
Fone: (0xx51) 3110.9801
www.editorasulina.com.br
e-mail: sulina@editorasulina.com.br

Outubro/2024
Impresso no Brasil / Printed in Brazil

Para Sebastião.

SUMÁRIO

VENTOS REVOLTOSOS

Tijolo de sangue

Do barro ainda molhado tirado fui. Às mãos de quem me moldou à imagem e semelhança de outros, em conjunto, bruto, em série, sou.

Levado ao sol que me encarava de forma funcional, sabia ele seu lugar e objetivo, secar meu interior, em mim sua derrota.

Na mão do charreteiro um misto de tabaco em ramo, suor e água, regaram-me assim a primeira vez com a umidade da verdade, a partir daí nunca me sequei.

Meu nome era novo.

Do vento frio à chuva fina inclemente, foram horas e dias viajando em solavancos por terras indomadas. Noites de fumaça e respingos de bebida forte, que em meu corpo caía da mão ébria de meu condutor, que depois de nós fazia cama e de mim travesseiro.

Mesmo parado por momentos a fio, a espera era o mundo e desnudo da intempérie úmida não fiquei, conservava-a agora na embarcação que do caudaloso e curvo arroio me levava para o destino final, sempre gotejado e sempre aquoso.

Na ondulação, outros ao fundo se perderam, voltando ao início, água doce do sul desta terra, não na Pelota repousei, mas em embarcações maiores, eu era só mais um.

Eu conheci o contrário da água doce, tocado pelo suor de mãos tão negras quanto o iluminar da noite.

Meu nome agora era suor.

E percebi que perdia lascas que não voltavam, assim como eles na pele carregavam lacunas, como se faltassem lascas.

A cidade que se forma sob a sombra de grandes figueiras é lenta em grandes projetos de casarões, profundos, altos, rebuscados, gêmeos, justificando assim meu *trottoir* entre canteiros e o barro que se formava no pisotear destes que sofrem sem que eu entenda.

Os cavalos lhe são invejados, e o chicote é sua herança, inanimado sou, mas me potencializo ao testemunhar o silêncio deles diante dos gritos da violência.

Sou barro, eles carne, sou infusão da terra, eles sofrimento, quisera no breu a eles me mesclar e ludibriar seus algozes, mas sou só um tijolo.

Meu nome agora é sangue.

Sob a face do dia, fui movimentado, e banhado pelo sangue de um sem-nome, mas que para sempre mesclado a mim estará, seu caudaloso sangue a mim se irmanou e estático estou nesta parede, todo marcado pelo tempo, sem partes de mim, assim, neste casarão que não ecoa nossa cicatriz. Incrustado com esta dor que carrego, não minha, mas da impossibilidade de nada fazer, sangue, não meu, mas nosso.

Hoje sou um todo. Sou casarão, que abriga outras pessoas, outros objetivos, que tentam contar uma história cheia de nomes e sobrenomes, façanhas e orgulho, mas a verdade está neste sangue que não seca dentro de mim. Um simples tijolo.

A sala de Niara: aquela que tem grandes propósitos (Suaíli, Quênia)

Niara já estava naquele emprego havia algum tempo. Passada a euforia por tê-lo conseguido, fato normal para quem passou tanto tempo desempregada, começou a reparar naquela sala, que não era sala, era uma extensão da sala de atendimento. Hospitais têm disto, saguões, saletas, corredores, guichês, leitos e capelas.

A sala era no fundo de uma série de guichês sem janela, ficava sempre de costas ao que acontece, ao vai e vem de pessoas, ao entregar de documentos, alheia ao falar sôfrego dos pacientes ou acompanhantes, mas agora que tal dinâmica lhe foi apresentada. A nova rotina era intensa, mas achava que dava conta do recado, sabe como é! Negro nesse mundo tem que dar conta desde pequeno, já dizia minha mãe, dona Maria.

Tirei teu nome dos antigos, honra ele, minha filha.

Segunda-feira, papéis, guias para o SUS, montanhas que a desafiavam juntamente com o relógio, que, acima de sua cabeça, era um ditador ferrenho.

Nas terças, revisão de encaminhamentos, era interessante ler as parcas informações sobre a vida das pessoas em seus históricos, algumas doenças que ela nunca ouviu falar, outras cômicas, mas em profusão dores e dissabores.

Que pesado. Falava por entre os dentes.

Entre formulários e números, assim ludibriava o tempo entretendo a razão. Mas irracional era não ter janela, e das lâmpadas frias ser refém. O desejo de uma janela para sentir o vento, o sol ou qualquer mudança do clima era o foco de um pensamento único.

Os anos evocavam o automatismo, e tudo que fazia era subalterno aos seus pensamentos, a casa, o namorado que não ascendia a marido, a mãe já idosa, e as contas, sempre as contas, uma eterna corrida, quem vence é sempre a impossibilidade gerada pela falta do dinheiro, queria visitar os parentes no interior, comprar mais uns vestidos, uma viagem romântica com o *boy*, mas não, sempre a mesma correria, e maratona em busca do fugitivo dinheiro.

Pobre e preto se vira com o que tem!

Em dada manhã sentiu a sala, que não era sala, mais escura, turva, mas a recebeu levemente, como uma lembrança infante que se mesclava com a fumaça das lembranças, ignorou e seguiu na senda das guias. Até porque, tempo para divagar é um luxo impensado.

Naquela manhã os sons mornos dos pacientes eram violentados por risadas sonoras, e falares firmes. Eram pedreiros, operários, que estavam fazendo reformas no andar. Além da mudança na rotina, Niara pensou que poderia sair daquela sala, que não era sala, ou que eles iriam quebrar paredes e abrir janelas. Marretas, talhadeiras, pás e muito vai e vem se pronunciaram, mas pouca a ela diziam.

A reforma seria no saguão de espera e na disposição dos guichês. Até que Niara percebesse que pouco ou nada mudaria, paredes tinham sido pintadas, fiação era exposta, gesso retirado e recolocado, poltronas, cadeiras, computadores, tudo realocado ou reposto. Aquele cenário indefinido, caótico beirava uma guerra e ela queria usufruir dos espólios.

Mesmo com a bagunça e a vida impertinente dos pedreiros, sentiu seu ambiente escuro novamente, desta vez um tom a mais, uma densidade forte, esfregava os olhos, levantava, pegava um café na pequena cozinha do andar, fitava no fundo do corredor o jardim que por aquela janela aberta permitia ao vento invadir os espaços de seu cabelo e roçar sua pele negra.

Com a reforma quase pronta, o número de operários se escasseava e o frio do inverno preenchia indesejadamente o novo corredor que se formava. E sua não sala ali ficava cada dia mais escura, mais funda.

Segunda-feira, e os formulários começaram a se confundir com os ofícios, os memorandos com as guias, pois o pretume se enaltecia perante as paredes.

Terça-feira, o incandescente das lâmpadas perdia a briga com o breu.

Quarta-feira, bater na escrivaninha era inevitável, a massa construída sobejava qualquer centelha.

Quinta-feira, a luz do computador se transformava em um túnel de paredes grossas, onde a vertigem reinava a qualquer um.

Mas na sexta-feira, como uma conjuração, entre o divino e o circense, tudo ficou claro e alvo, luzes altivas, grandes, fortes compunham o cenário, as paredes do cubículo também sumiam diante de tanta cintilação.

Niara agora pouco enxergava, o computador fazia parte de um todo incandescente, a tontura veio, com ela um abatimento violento.

Ela vinha do bairro da Lata, a duas horas de distância do centro, filha de dona Maria, tinha grandes propósitos e nascera para brilhar, agora era um brilho, agora era um brilho só, envolto no fulgor que cerceava violentamente. Era muita claridade, logo tudo era claro, claro!

Experiência cortada

Cheguei cedo ao culto, gosto de chegar antes e escolher um lugar mais ao fundo, onde escute o pastor, mas também possa sair sem chamar a atenção, o banco de madeira crua tinha cheiro forte, parecia ser feito ontem, como não frequento os cultos aqui há algum tempo, quero só fazer minhas orações e ir embora. Notei que aquele pastor era ungido, aleluia!

O calor era forte e as paredes que pareciam comprimir a pequena igreja tinham no mínimo duas cores e poucas janelas, o que me levou a usar um folheto da igreja como abano, nele estava escrito Igreja do Reino Supremo, sede São Paulo – foi o que consegui ler antes de dobrá-lo.

O pastor iniciou saudando a todos os irmãos e irmãs na paz do senhor e pediu para a irmã Josefina cantar um louvor, se me lembro, ela tem uma voz estridente, confesso que me irrita um pouco, vai ver é a caixa de som que não está bem regulada, e que saia bem feia a dela, um verde com rosa, meu senhor!

A bíblia da irmã do lado também é rosa, mas está com metade da capa preta, fiquei pensando nas mãos que pegam o livro sagrado, as orelhas do livro envergam para cima a capa da bíblia, como um lábio gigante. Um horror!

E o pastor começou a orar, fechei meus olhos.

Vai abençoando senhor este lugar e estes irmãos, tu sabe do desejo e das necessidades de cada um, meu deus, tu é um deus de poder…

Que calor, não vou aguentar, vou sair mais cedo, nem um vento para refrescar, o pastor com terno cinza já mostrava o suor abaixo dos braços.

Não ter vento é tão estranho para mim. É como se faltasse algo natural no mundo, um emudecer espiritual, um vazio.

A leitura da bíblia começou e o pastor Reinaldo depois de ler pediu que fechássemos os olhos para aceitar que Jesus entrasse definitivamente em nossa vida.

Fechei, e de imediato senti um calafrio, algo estranho, dada a temperatura elevada, e uma lufada curta de vento passou por mim, um vento diferente, parecia um sussurro, como se alguém tivesse passado ao meu lado.

Aceitem Jesus, irmãos. Gritava ele.

De repente me arrepiei, meus pelos tomaram vida própria, mexendo-se e contorcendo-se, sentia como que se cada poro saísse uma fumaça colorida e com perfume leve e matinal, coloquei a mão no banco como que instintivamente e a voz do pastor se apequenou, meu toque formigava e o banco parecia molhado e seco ao mesmo tempo, era macio, queria abrir os olhos, mas não conseguia.

Mas meu corpo tremia e o chão já não sentia, parecia voar sob aquele recinto, como uma gestação confortável e morna, pairava e sentia ventos sob mim, circulando e fazendo meu cabelo esvoaçar, e dele saíam raios de várias cores cintilando e dançando freneticamente.

A voz do pastor lentamente sumia mais e mais, mas o que substituía sua voz eram murmúrios doces e leves com vozes angelicais que se transformavam depois de proferidas em um caleidoscópio de cores vibrantes que me envolvia.

Naquela altura já não sabia se estava de olhos abertos, acordada ou desmaiada, viva ou morta, seria o espírito santo? Ou uma armadilha do diabo?

A voz que vinha do púlpito cessou completamente, e meu corpo começou a girar em torno de mim mesma em rodopios suaves mas constantes, senti como que mil mãos me tocarem o corpo, cada qual queimavam mais e mais, porém não doíam, não conseguia entender, na verdade tudo era misterioso, pensei estar drogada, será isso que as pessoas sentem ao usar tóxicos? Rechacei, e medo não tive, tudo era agradável e intenso, as lágrimas desceram, contudo na minha face não ficaram, saíram e dançavam em minha frente em uma coreografia que quanto mais eu chorava mais e mais se expandia e de tempos em tempos uma lágrima subia ao céu, as luzes penetravam cada gota e eu podia ver dentro delas cada estrutura, cada molécula, cada ponto microscópico, era então possível a mim um outro universo que se abriu gigante, potente.

Minhas mãos que antes estavam fechadas se abriram, no centro da palma um raio de luz incandescente subia em um fluxo contínuo e que mirava o alto, mergulhei para meus olhos e entrei naquele túnel de luz vertiginoso e azulado, pequenas luzes passavam por eles e cada um refletia meu rosto em expressões que eu sabia que tinha feito em cada momento crucial de minha vida, tristeza, alegria, prazer, indiferença, tudo, e ao final do túnel meu rosto sereno refletindo um paz impossível se achegava mais e mais, até entrar no meu próprio olho e em tons mais escuros mas brilhosos parecia me espelhar.

Eu era muitas mulheres naquele mar de espelhos, e uma completa na minha frente, naquele salão gigante e nobre tentei tocar neste reflexo e meu toque se transformou em poeira prateada viajando pelo ar e lentamente se transformando em nuvens e estas se organizando de forma simétrica em um esplendor muito branco e altivo, tudo se transformava em uma grande esplanada de nuvens algodoadas dando formas a uma cidade maior que todas já vistas.

Comecei a andar por aquelas estruturas gaseificadas, mas sólidas rumo a um átrio imponente em que ao centro avistei uma forma de luz quase aguda, que parecia pedir uma aproximação.

De repente a voz do pastor ficou mais alta e cada palavra quebrava a visão como um vidro e os estilhaços caíam em um precipício revelando a pequena capela e seus poucos fiéis.

A luz me chamava, luzindo do mesmo modo, como uma sedução visual, e as palavras daquele homem já eram cada vez mais altas e claras, revelando a realidade escaldante de seu vociferar gotejante e medonho. Entendi então cada palavra.

Irmãos e irmãs, o comunismo hoje em dia é a face mais visível do inimigo, não deixe este entrar em sua casa, eles irão usar suas ideologias contra o varão e a varoa, como as pragas do Egito, destruirão seu lar e sua família. Dirão que há direitos para degenerados. Vão liberar os tóxicos, e dirão que tudo é racismo, não é, irmã?

E falou apontando para mim a única negra ali presente.

Ainda tonta depois de tudo que vi e sem entender as visões, me tomei de um nojo ancestral e profundo. Por que ele apontou para mim?

É, irmãs, aqui a minha esquerda como manda as sagradas escrituras vocês sabem seu lugar, a mulher de Deus deve assim ser recatada, obediente, mas eles vão corromper suas cabeças, irmãs, Deus sabe que mulher de casa é aprazível aos olhos do senhor! Aleluia!

Então, depois do proferido e gritado em alto em mau tom, saí daquele lugar. Quando coloquei o pé nos pequenos degraus, senti uma leve brisa me abraçar.

Com a leveza de uma nuvem, nunca mais voltei.

Festival de pele

A fila pouco andava, mas os pés não ditavam as regras, como em filas de banco, por exemplo, seu passado de *office boy* vinha na superfície do mar de pensamentos efusivos, o que fazer na fila de um show, entre uma conversa e outra ou um gole e outro?

O tempo sempre nublado fazia o dia concordar com a atmosfera, um show do Black tinha de ser assim mesmo e havia nuvens mais escuras ao longe.

Gatas góticas, pirigóticas, ex-hippies, pós-hippies, metalheads, camisetas com estampas nunca vistas, envolviam o olhar em uma vitrine infinita de tons negros e maquiados.

Cara, nós vamos ver o Black!

Urrrrrru!

Mais uma cerva!

Ouvia-se desde já o som, que no estacionamento que sediava o evento ecoava, um grito aqui, outro comentário mais ao fundo, que misturava alegria e empolgação.

Ambulantes com camisetas alusivas ao show circulavam hipnóticos com seus anúncios gritados de camelô.

CAMISETA DO SHOW!

UMA É 30 DUAS SAI 50!

No seguir da fila era possível ouvir um entendido da discografia da banda, elencando os melhores dos melhores, um *Best of* de bobagens autoindulgentes, tradicional no cenário.

Pena ter pouco dinheiro. A compra do ingresso já foi em cinco vezes, até compraria uma camiseta, sabendo que era feita no fundo de algum quintal.

Mais uma cerva.

O Guto comprou até um pequeno isopor no posto de gasolina defronte ao local do show, grande ideia. A cerveja da Alice estava mais gelada que a minha. O que vamos fazer com este isopor depois?

Todos riram ao não saber a resposta.

Esta lida dos copos nos distraiu, e o tempo não era convidado do evento.

Abriram-se os portões, berros e passos largos porque era cedo, muitos comemoraram, vantagem é sempre de quem chega primeiro, claro que havia outros mais à frente, certamente dormiram na fila. Hora de tomar as últimas cervas, não se pode entrar com bebidas, há de ser somente a que internamente é disponível e caríssima.

E o isopor?

E estas nuvens que se aproximam?

A Alice está linda, hoje pintou o cabelo de preto, Black nº 1, minha gótica favorita, quem sabe? Show nem sempre rola, mas hoje…

Eu queria ver mais alto. Disse ela. Só mais dez centímetros de perna, era tudo que eu queria, vou pedir para São Jimi Morrison para me dar mais tamanho na outra vida.

Pra mim tuas pernas são lindas.

Ela sorriu com aquela pequena boca e com os olhos acastanhados, hoje vai ser mágico.

Sobe na minha cacunda, eu te levanto, quero saber como está este povo todo.

Senti a cerveja falar em meu corpo, quando a peguei, quase caímos. Parar a fila para esta acrobacia gerou olhares, mas que se dane, é pelo Metal e pela Alice.

Ela desceu. Cara, é um mar de gente, que legal!

Eu estou no país, eu estou no país das maravilhas.

Não, ainda não disse eu. E subtraí-lhe um beijo rápido, que ela, rebelando-se, tornou longo e cinematográfico.

Agora sim tu estás no país das maravilhas, disse-me com a boa ainda trêmula e com os olhos cintilantes.

Não tive como não lembrar de “White Rabbit”, do Jefferson Airplane, um som que nós dois descobrimos juntos e que traduzia bem a vida da Alice até aquele momento, até aquele beijo alvorotado e rebelde. Tudo na vida dela era rebeldia.

Minha pele negra contrastava com a dela, branca, avessa ao sol, e nós no mar negro de camisas pretas, um paraíso.

Seco paraíso, pois o mormaço castigava a todos do mar denso e escuro, mesmo que ao mais ignorante olhar fosse possível avistar, uma chuva futura pela frente era impensável.

Um estacionamento não é um lugar feito para show, mas os banheiros ficaram bem localizados, os bares? Melhor ainda, atrás do PA tinha um, nas laterais outros. E o isopor?

Agora era marcar terreno e ficar, mas eu ainda queria ir mais para frente, afinal os velhos do Black talvez não voltem a pisar este solo.

A tática para ir mais à frente é usar o vendedor de bebidas como aríete, mas era cedo, eles ainda nem começaram seu *trottoir*.

Eu não sentia o sol, mas ele se fazia presente por cima das nuvens, minha pele absorve não só o carinho de Alice, mas o pronunciar de qualquer sol, mas ao olhar para o céu percebi nuvens se agigantando por trás do palco. Seria uma bênção dos deuses do Rock, uma chuva?

Um beijo aqui, uma risada depois, fotos, muitas fotos, postagens, lembrei que nem celular trouxe, estratégia é tudo, carteira se resume a um porta documento com uns trocados e está perfeito.

Alguns conhecidos sempre se encontram, mas ver tantos roqueiros diferentes é o legal, se sentir um no meio de tantos, saber não estar sozinho, ser um todo ligado pelo espírito da música é algo catártico, somos todos um.

A banda de abertura começou, o som ainda não está pleno, eu sei, é sempre assim, as bandas locais que normalmente abrem sempre são limadas em alguma coisa ou no tempo ou na aparelhagem, por isso dão seu melhor para compensar, eu entendo.

As nuvens agora dominam o céu, tudo é escuro, se chover só tenho minha jaqueta de *patches*, que depois de molhada fica bem pesada!

A partir de agora só água, a grana se esvai, e quando o Vile e a banda toda entrar não quero sair de onde estou, só se for mais para frente do palco.

A Filth vai tocar agora, a banda convidada é uma das favoritas da Alice, eu já os vi faz uns anos, e agora sim o som preenche o local, aquecimento perfeito para o grande momento e claro que a performance deles era bonificada, a banda convidada recebe melhor tratamento e equipamento.

Distraído, eu sempre gosto de observar meus pares, mulheres maquiadas, meias arrastão, correntes, pingentes, olho uma senhora toda colorida, que se destaca, mais à frente o típico lenhador, um grunge solitário, enfim é um desfile, que me apraz. Passou um aqui de jaqueta de couro, é louco com este calor, reagi! Mas fica legal, reconheço. De forma simétrica as pessoas me olham, não é todo mundo que tem uma jaqueta com tantos *patches*, isto me deixa feliz, sou das antigas, *old school*. Ora o que é um *patch* senão um pedaço de pano com o logotipo de sua banda favorita, mas para nós, tendo a personalidade da banda favorita, é um elo perdido.

No vai e vem e empurra-empurra, uma guria me olha, seu olhar era como um míssil, mas sua pele dizia mais que aquele olhar fugaz, e a representação deste uníssono que é um show de Rock cai por terra, percebo, então, ela sim era parecida comigo, pele negra, cabelo afro, em um contraste dominante e distinto naquele meio. Inundado por uma culpa sem nome e uma estranheza mais alta que todos os alto-falantes.

Fiquei um pouco atordoado, tudo agora estava em câmara lenta.

Então a chuva veio sem banda de abertura, ela era a atração principal e era sonoramente presente, um gigante Adamastor naquele oceano fez seu show. Sua linguagem artística eram os ventos, que fortes ecoavam nos corpos que se contraíam e outros se agitavam, um frenesi rompia o evento, um misto de emoção e incentivo, a chuva começava a mudar todo o cenário.

Os *banners* promocionais voaram libertos, o pano de fundo do palco tremulava como que vivo.

Pessoas correndo, outros procurando parcos abrigos, mas poucos abandonavam a enseada do palco, a maior banda de Heavy Metal do mundo acabava de entrar, raios e tormentas das caixas de som, e aqui o barro se formava.

Um beijo molhado, um abraço em Alice.

O baixo marcante e a bateria ditavam o ritmo. Mais uma música, outra, aplausos, o momento máximo do Rock ao meu alcance.

E o barro continuava a aumentar sob meus pés, um barro negro denso, escorregadio, outra música introduzida, um clássico dos anos 70. E a chuva insistia em rivalizar com a banda, Woodstock era aqui.

No bis, muitos se jogavam no barro, derrapando, zoando, rolando e caindo uma festa de lodo, um lodo quase vulcânico, preto, perto de uma cinza, era assim o chão em que não prestamos a atenção e agora estava nas calças, nas mãos na pele de todo mundo ali, em uma comunhão com a terra preta. Todos pretos agora, como uma tatuagem.

Agora me senti verdadeiramente um só corpo, não só eu e aquela garota de olhar pungente e pele preta, todos agora são um barro primal e preto.

A busca

Vista por cima, aquela vila, mais baixa que as demais, parecia um campo de batalha medieval, o terreno acidentado mostrava o porquê do desinteresse imobiliário. Aqui nesta pocilga deve estar meu filho, onde falhei? Meu deus!

O esgoto corria nas partes mais baixas, eram como veias de merda em um corpo enfermo e aberto, nas altas, as raízes dos eucaliptos que aqui dominavam o terreno antes da ocupação, eram queimadas e jogadas no meio da rua para dificultar a chegada da polícia, alguém tinha me dito sobre, mas só vendo com a própria retina para testemunhar assim com todas as cores para saber o quão fundo é este buraco onde o Jair se afundou.

Limpei mais uma lágrima ao olhar tal cenário tão Canudos, tão miserável e fétido, ao avançar a cada esquina do bairro, pouco cuidava as possas e o barro, em algumas ruelas era difícil identificar o que era esgoto, lodo e rua, uma simbiose de agruras urbanas e eu ali envolto em desespero, o que a droga faz com um jovem bonito com tudo de bom e melhor, com um futuro se não brilhante, bom e honesto.

Quando descobri seu envolvimento, não me acomodei, lutei, conversei sob às noites por testemunhas, sugeri que ele se mudasse, fosse morar com o tio em outro bairro, dentre tantas ofertas, mas o malogro me atingiu.

Eu que nas salas de aula da vida sempre vi jovens serem destruídos pela droga, agora moro na antessala deste vício odioso, meu filho, meu filho querido.

Relato minha sina para desafiar o tempo, afrontar este mal que fere outras famílias, e tortura a alma de muitas mães e pais, relato aqui uma fome que não se sacia pela boca, uma aventura indesejada por um mundo sem fantasia ou alegria, um mundo de desgraça e dor, o mundo da droga visto pelo olhar de um pai.

O que me espera era ruim, sabia eu, apenas mais um antegosto, talvez o crucial seja a verdade, o ponto mais baixo e degradante de meu filho. Ando mais e mais entre ruelas e becos nessa caminhada com pouca luz.

Fazia três dias que o Jair não aparecia em casa, vez ou outra depois de alguma crise ou briga ele sumia ou eu pedia para ele deixar nossa casa, mas no final deste ciclo de pesar ele aparecia, mais magro que quando saiu, com aqueles olhos azuis beirando o cinza e a pele reluzente de sujeira, um vai e vem que atingia meu sono, apetite e a vontade de viver.

Mas agora o pior me assombrou, onde andaria? No peito, meu coração se resumia e definhava, na cabeça uma dor fazia usucapião.

Saí de casa com a primeira roupa que encontrei, no meio de uma tarde que não sabia se tinha sol ou era nublada fui atrás do Dudu um ex-amigo dele, ex porque os amigos se apartaram do Jair ou ele que não se sentia bem com a sanidade destes amigos, agora está por aí com sabe lá quem. Talvez ele tenha o paradeiro ou notícias de meu filho.

Andei até a outra rua, ao lado da nossa, e ele me falou com tristeza nos olhos que via o Jair entrando na vila da Areia seguidamente. Antes de sair, o bom guri me deu um abraço e pediu desculpas. Falei que não era necessário. O Jajá, assim era o apelido dele na infância, tinha escolhido o caminho dele sozinho, ele se isolou neste mundinho longe dos bons amigos.

O rapaz me deu um abraço e se colocou à disposição, queria ir comigo procurá-lo na Vila da Areia, desaprovei e segui minha senda de pai. A Vila da Areia tinha este nome por ser uma faixa de terra cercada de um areião por todos os lados, impossibilitando a construção sem um grande investimento, fora que o terreno tinha altos e baixos, a fama era das piores, diziam que muitos fugitivos de presídio e da lei em geral se escondem naqueles casebres.

Não me importa a culpa, o governo, a polícia, os traficantes, como todo este universo escabroso se criou, quero meu filho, Deus, meu filho!

Meus pés molharam nos dedos e quase sinto frio, o cheiro de fumaça é onipresente e sempre tem uma casa ou outra com som alto, dá vontade de chegar e perguntar em todas as residências, mas sigo andando, entre o sem rumo e uma fé, ditando meus pensamentos, falando que eu iria encontrar meu filho em algum lugar ali. Então andei até avistar um boteco de esquina.

Fiquei com medo de mostrar uma foto no celular, mesmo vendo que os frequentadores tinham a minha idade e não representavam mal a não ser a si mesmos. O balcão de costaneira combinava com o gauchismo que tocava em uma caixinha de som à esquerda, um banco de madeira era o depósito dos fregueses. Fui educado me cuidando para não aparentar ou passar por esnobe, esquadrinhando as palavras, perguntei se eles podiam me ajudar.

O proprietário do estabelecimento, fazendo cara de resignação e à beira do deboche, me explicou que eu não era o primeiro procurando alguém naquelas circunstâncias, e ainda me alertou para tomar cuidado.

Expliquei-lhe a situação e mais uma lágrima corria sob o efeito do cenário. O Botequeiro não me disse onde encontrar meu filho nem o conhecia na verdade, mas sugeriu-me ir ao traficante da vila, que ele também não me disse onde era, apenas falou para seguir o fluxo de gente, de entra e sai no barraco da Rua 10, seria fácil de achar, pois atrás do barraco tinha uma casa de alvenaria que destoava das outras.

Em meio a risadas e olhares de desconfiança, uma mulher carcomida e magra me olhou expressivamente na saída do boteco, ofereceu-se por 10 reais, ao ver meu desinteresse baixou para 5. Sumindo na escuridão ouvi ainda ela me xingar.

Na vila ou favela, só muda o nome, todos se conhecem e os estranhos têm trajetória certa, e eu assim, vagando e olhando para todos os lados, rendia estranheza e medo em alguns, na vila não há placas e nome de ruas, aqui o estado não dita regras, aqui os ventos são outros.

Segui o movimento e avistei um sobrado, era o único ali, até a rua era melhor, à medida que me aproximava, era uma casa de material, a casa era de alvenaria na frente, meio só com tijolos, meio com chapisco e recém-feita, havia um corredor onde ao fundo observei um vulto sob uma sombra carregando uma arma.

Atrás de mim, surgiu não sei de onde uma pessoa, senti uma presença que não me deu chance de falar nada, e avisou.

Desembucha ou te passo!

Eu vim ver o patrão. Fiquei com medo de usar a alcunha traficante e tudo se acabar ali mesmo.

Na verdade, só naquele momento o medo me alcançava, mas meu filho morto este sim era meu maior medo, e buscá-lo me motivava além de qualquer obstáculo.

A voz agora me revistava e me empurrava para o corredor estreito com cutucões que pensei serem de uma arma.

Ao entrar no ambiente, ouvi uma música a meio-tom e palavrões mil, meninas com no máximo 16 anos saíram do colo dos homens ali sentados em sofás confortáveis, no centro um rapaz da idade do meu gesticulou com a cabeça, e comecei a falar.

Fui interrompido.

Calma, *Dotor*, pode não parecer, mas sou de paz, aqui na comunidade tá tudo no esquema, eu já te saquei, é comigo que tu quer falar, eu sei quem tu quer ver, mas ele não tá aqui não, chefia.

Gelei.

Aqui, ô *Dotor*, conheço teu filho, fazia uns corre pra mim, limpava o barraco em troca de um bagulho.

Oh! Cafuringa, é o Maria, te lembra?

Todos riram e sacudiram suas pistolas, e eu ali como em uma corte, eu era o bobo.

Aqui, ô coroa, vou te dar o papo reto te liga, tô pouco me fudendo pro teu filho, e só não te dou uns pipoco por consideração e tu me lembra meu pai, tá ligado?

O Mariazinha aqui não tem valor pra nós, vem aqui mendiga bagulho, não quero saber deste tipo, porque depois tá roubando aqui na vila.

Vacilão aqui tem nome escrito na bala.

Então vou te dizer onde ele tá moqueado e te impirulita daqui.

Metade das palavras eu não entendi, ou pelo linguajar dele ou pelo meu nervosismo.

Ah! e te liga no bisu, pra tu. Ele tava com mó grana ontem. Foi de ti que ele pegou?

Não, não era meu, seu… seu…

Não precisa saber meu nome não, coroa.

Não, meu dinheiro ele já pegou tudo, coisas de valor de casa ele já roubou e eu estou há três dias sem ver ele.

Tá! Tá!, para de choradeira e qua qua! Teu filho é vacilão mesmo. Vaza.

Oh Gabé, leva o coroa lá no barro dos bagulho, deixa ele pega o Mariazinha e manda ele sair da comunidade pela Estrada das Guampas.

Aí, coroa, se eu ver tu e teu filho noia aqui de novo vai, ser pipoco na cara, tá ligado?

Saí com as pernas em estado de terremoto e a respiração galopante, o rapaz que no mínimo tinha uns 17 anos me conduziu sempre com a arma na mão, nunca tinha visto uma arma tão grande e tão de perto assim, ele andava como que dançando pela meia escuridão da rua, cumprimentava um e outro com a cabeça alta, estufando o peito.

O caminho era uma lomba e as casas se rareavam a cada passo, notei ser ali o fim da vila e meu desespero voltava a ditar meus pensamentos.

Aí, *Dotor*, o barato é o seguinte, faz o que o patrão falou e vaza.

Respondi com um aceno de cabeça, falar era um sacrifício.

Era um barraco de tábuas mal pregadas, só para marcar o terreno, na ponta esquerda faltava uma telha, eu ouvia um balbuciar fraco vindo de dentro, seguido de uma risada entre a loucura e o desespero.

A porta estava entreaberta, levei a mão na tábua áspera e a luz fraca do poste da esquina iluminou a cena que me paralisou os sentidos como uma onda e ouvi com clareza o que era torpe.

Tô voando, eu tô voando.

Falava repetidas vezes aquele corpúsculo agachado em um chão esburacado e com os braços abertos. Então gritei!

Jair, meu filho, eu vim te buscar!

O buraco

Olha o buraco, o buraco, que barulho é esse, tô legal, aqui tem bastante pedra, bom, bom vou ficar aqui, aqui ninguém me acha, tá bom, tá bom, tá bom. Isqueiro, isqueiro.

Dá pra olhar pelo buraco se alguém vir, é da sim.

Bah, só tem um maço de careta, mas vai dar, me dei bem quando peguei a carteira daquele velho broxa na esquina da padaria, se ralou, velho.

O Zé Bala me conseguiu pó e pedra, tô tri legal, vou ficar aqui moqueado, ele disse que esse barraco é dele, que às vezes guarda os peso aqui umas arma, matraca, bagulho, ele enterra aqui quando chega carregamento pros *homi* não achar, ele disse que não tinha nada, agora tá vazio, será mesmo?

Bah! Vou *cavá*, quando vê eu encontro os bagulho dele e já era, perdeu.

Mas antes vou dar uma tecada.

Entrou rasgando o nariz, ufa! Este não é do mesmo pó, mas tá massa.

Que mesa podre, tive que escorar na parede do barraco, pois ela só tem três pernas e também não tem mais nada aqui a não ser este sofá fedido e rasgado, azar, não dá nada.

Coloquei a carreira na parte mais clarinha da mesa, a outra tá meia verde, saindo umas lascas, vai saber o que é, não quero me *detoná* né, vou sair daqui depois que *terminá* o bagulho e deu, deu, vou parar, chega de bagulho.

AHHHHHHHHH!

Que loucura!

Vou ali. Não vou. Na porta, na porta não, no buraco dá pra ver a vila toda. Que luz é aquela? Os *homi*, são eles, não, não. Deixa quieto vou dar outra. Tá tri.

Vou *furá* esse chão, vou sim.

Mas vou dar outro teco antes, é sim outro teco.

Pera aí, tem uns passos, são os *homi*? Os polícia entrando na vila, me dei mal, vão me achar aqui, droga vão me achar aqui, aquele velho me caguetou. Tô ralado, mas vou pedalar esta tábua, quebro e saio por trás.

Vou olhar no buraco, ah, não é nada, tá bom, tá bom.

Tá, esse goró deve tá bom, vou me *chapá*! Azar. Ahhhhhhh!

Um cigarro bem de boas, eu sou patrão, agora eu que mando aqui. É sim. Já pensou com uma pistola cromada na cintura, um beck graúdo e umas cachorra do lado, eu aqui só administrando uma boca.

Daí os trouxa que não seguir os mandamento do Jajá, eu passo pro inferno, pipoco e pipoco, azar, tem que ser assim pra manter o respeito, tá pensando o quê?

CHIIIIIII!

Essa tá boa.

É eu de patrão da Vila da Areia, depois os meus aliado tudo descendo pro centro pra tocar o terror e eu só cubando, bah! Que curtida, bagulho não ia faltar.

AHHHHHH!

AHHHHHH!

E os polícia, os brigada ia só *levá* chumbo, comigo não tem arrego, não negocio com polícia, iam querer a parte deles, eu ia dá tudo em bala, vou dá outro gole.

Pra *negociá* ia colocar um correntão no pescoço, ia ser maneiro, ia *negociá* só peso, quilos e quilos, ia dormir nos quilos, ia ficar branco de tanto pó.

Negro branco do pó. Por falar em pó.

Que teco bom.

Pera aí, que barulho, que barulho é esse porra!

É os cupincha do Zé tão aqui vão me *pegá*, droga vão me *passá*, vou no buraco, vou olhar se são eles, tá loco, tô frito se for eles.

Tá bom, não é nada, deve ser algum rato desgraçado. Vou acender um fumo pra me acalmar, vai ser bom.

Ah, tô voando, pilotando por cima da cidade, vou passar os bairros todos, as casas, e seus telhados, as praças vistas por cima devem ser legal, beirar as árvores, surfar junto com os pássaros, as nuvens, tocar a ponta das antenas que ficam nos prédios mais altos, e de lá cuspir nos engravatados que passam nas calçadas, ia ser engraçado.

Voar até o mar e voltar. Eu queria ser piloto de avião, era coisa de guri, agora não preciso, não quero aquele monte de controles e botões. Eu já estou no ar.

Sair sem destino por aí sem dar satisfação, voar e deixar o vento ditar meu rumo, norte, sul, com sol ou chuva. Como seria voar com chuva? Deve ser bom igual.

Que nem essa fumaça flutuando por aí, sem ter que estudar pra Aeronáutica, é só *fumá* um *baise* e já era, essa maconha é da boa. Tô de boas.

E a noite como deve ser? Voar entre as estrelas, ser uma estrela, e então à noite ninguém te vê, ia colocar uma roupa preta, escutar os segredos das pessoas, pairar nas janelas dos condomínios, zoar as pinta, que da hora.

À noite podia voar mais baixo e seguir os carros nas avenidas, saber quando os bagulhos chegam aos *trafi*. Nem tô sentindo meus braços.

Tô voando, tô voando de noite.

Achou que era o vento que então abriu a porta, e foi abraçado pela luz.

Terra, sangue, invasão

Enquanto o gordo barbudo e azedo lhe penetrava, já não pensava, via, sentia como que já morta. Cravou o olhar na barra movediça de um pedaço de pano na barraca, o vento ali agia.

O oficial chegou e escolheu se estabelecer na barraca grande, era alta e dava para ver todo o acampamento, carregava um papel e uma caneta. A pasta, um outro subalterno de colete levava, os polícias iam organizando a fila e sendo cuspidos, e o cacete também falava, a fila era grande já com suas armas que passavam da cabeça, alguns não falavam, eram soldados de chumbo e olhares fixos.

Pega as enxadas, pás, arados, põe no caminhão, da pro fazendeiro, ordenou o oficial.

Algumas barracas ardiam em chamas e outras em pranto, algumas mulheres tinham um pranto recolhido e se agarravam umas às outras em conjunto.

Gritos, palavrões, fumaça, cães sendo degolados, os mantimentos sendo amontoados, nada escapava daquelas mãos espinhentas.

De quem era aquela mão? Até hoje ela pensava e não sabia responder. Por medo, raiva, dor ou porque não queria seguir respondendo tamanha interrogação, a vida seguiu, mas as marcas eram um espírito, uma sombra sempre ao seu lado.

Faz o caminhão entrar, sem estragar o terreno do Dr., ouviu? Falava já mais alto um fardado.

O dia avançava e se deixava nublar pela fumaça conduzida pelo vento proeminente, tudo era fuligem e picumã.

Separaram crianças e mulheres em uma fila longe dos maridos, elas gritavam, vociferavam algumas com palavras de ordem, outras com ofensas desafiantes, outras chamavam para briga, esquecendo sua magreza, sua tez cansada e judiada, eles de chumbo mais e mais se pareciam algozes indiferentes e duros, como aquela terra difícil de arar.

Via tudo, ouvia tudo, achou estranho o homem gordo de bombacha sentado numa caminhonete alta, prateada, que fumava um charuto fedorento que exalava onipresente, se destacando entre a fumaça dos bambus queimados e estalantes.

Mas estranhava mais aquele movimento todo, era sua casa que estava sendo demolida, era sua boneca de pano que caiu embaixo da roda do camburão, enquanto os soldados riam e olhavam para ela de cima a baixo, com um olhar que ela não conhecia, mas lhe gerava um medo profundo e primitivo.

Dor e sangue.

Agora o oficial estava na janela do carro do homem, que escondido na aba do chapéu mirava com o dedo vários locais, parecia dar ordens e com uma raiva gritante.

Quando o fardado voltou da reprimenda do misterioso homem, ela ouviu.

Peguem estes mantimentos do programa do governo e façam uma fogueira, queimem tudo. Agora.

Tinha umas flores no costado da taipa do açude, que estava sendo feito, o seu Vilmar pisava nelas enquanto corria e fugia, lá ele caiu com um tiro, os fardados o cercaram, como insetos agora, um enxame, e logo brigavam entre si, um apalpava o corpo roto, hoje ela sabe, mas antes somava mais uma pergunta, por quê?

Dor e sangue.

Joga a bandeira também no fogo! Era outro grito.

De repente tudo mudou, um caminhão alto preto, forte, roncava o motor, e levava somente os homens, por cima tinha um toldo que escurecia tudo dentro, mas viu o reflexo de coronhadas, e de sangue espirrando alto, enquanto o caminhão marcava a terra ao sair. Gritos e súplicas sumiam no horizonte pela estrada testemunha de tudo.

O outro caminhão demorava mais, algumas mulheres e crianças entravam, neste lentamente, após ser observadas por uma fila de fardados. Que riam e passavam a mão no saco, apontando e fazendo piadas.

Foi quando ela ouviu.

Esta leva para o coronel.

Pegaram-lhe pelo braço, apertando, os dedos ficaram marcados depois de tudo, por mais que gritasse e chamasse sua mãe, só os tapas foram a resposta. Ouvia e sentia, a levaram para a única barraca que estava em pé, de onde saiu outra menina sangrando pela perna e quase desacordada, era carregada por outro fardado, viu aquele olhar estático avizinhando-se da morte, era uma colega de acampamento, aquele olhar era um ferro em brasa.

Lá ela ficou amordaçada pela ameaça do cão com a arma na mão.

Até que o homem ínfimo na estatura de botas e bombacha entrou, tirou o chapéu e exalou uma baforada fedorenta na barraca, que tremia ao vento enegrecido pela fumaça malcheirosa.

Tapeou-a e a jogou no chão, com os cabelos nos olhos ainda viu o homem baixar as bombachas. Gritava e apanhava na mesma medida.

Ele lhe cuspiu e arrancou-lhe a veste envelhecida que se rasgou fácil. Com a outra mão lhe espremia forte o seio recém-nascido, intercalou as mãos com seu pênis para achar sua virgindade, penetrou, rasgou, mordeu e gemia, babava em seu ato grotesco um vendaval que quebrava e retorcia aquele frágil corpo de menina.

Já não se mexia enquanto o gordo fedorento em cima dela se movimentava, parou de gritar, xingar, e bater, agora só se mexia em seu corpo ferido, um misto de sangue e lágrima, era essa lágrima o único movimento que seu corpo podia fazer.

Antes de sair, seu agressor pegou o charuto do chão, olhou e jogou em seu peito, a brasa pegou em sua pele, gritando, viu o homem se arrumar e arfar com um suspiro vindo do peito parecendo uma satisfação corriqueira para ele. Ouviu com torpor e dificuldade.

Dá um jeito na negrinha ali. Não quero me incomodar mais.

A sombra agora partia, e ao longe avistou a caminhonete prata e possante desaparecer.

Hoje um homem magro, alto e anônimo lhe paga com notas sujas. Deixando o dinheiro sobre o papel higiênico, pois não tinha nada além do colchão fino no quarto do bordel, não falou, só gemeu, era mais uma sombra que ela avistava como a primeira, mas hoje recebe estes trocados, pensava, e via mais uma sombra ir embora sem nome como um vento de setembro.

Taís

Não importava a cara da manhã, seu leque no bolso, sua manta amarela, pouco mudava, sempre calça, única peça que destoava de conjuntos reparáveis, ou rosa, ou verde-clara.

Era observada não só pelas vestes indefinidas, mas por sua contumaz insistência em adquirir sempre o banco da frente do ônibus intermunicipal, de forma eclesiástica e suíça.

Com chuva, com sol infante, com a aurora sem nome, nada declinava Tais de atrasar a fila do coletivo para se colocar prazerosamente em seu lugar já comprado de véspera, culpados são os que sentam no meu lugar, pensava arrogantemente.

Para completar sua liturgia, consultava o espelho imediatamente ao se acomodar, cabelos, lábios, cílios.

A rotina completava-se com a face de alguns motoristas, que nunca combinavam com a cara de embasbacado da maioria dos cobradores, contrastando entre simpatia e nojo, sorriso e cara fechada.

O carteiro que descia em *Dicelândia*, sempre de bom humor, largava um sorrisinho torto, uns peões que desciam no Capão da Onça sempre se empurravam, a solteirona como uma framboesa de ouro se achava, gostava de pensar que aquele proceder era ela que provocava. Achava engraçado.

Cristiano, o mais calado, sempre pensou que o Paulinho seria capaz de traçar a Sandra Rosa Madalena, e se arrepiava só de vislumbrar a cena na mente, trocava de cenário, pensava nos afazeres da fazenda, nunca lhe orbitou um olhar.

A professora Beti nem ligava muito, só a percebia quando tinha que ir em pé, e conversava com a colega Marta, lá vem a corajosa.

Na verdade Taís descia no centro para comprar a passagem para o próximo dia, trabalhava em uma fábrica de garrafas térmicas à beira da estrada, voltava às 18h e poderia chegar a casa mais cedo, não fosse seu rito.

Suas rugas montando acampamento no rosto falavam por ela, nunca teve um corpo como as modelos e atrizes da tv ou da internet, por isso se sentia livre para espalhafatar suas vestes.

Seria a estrada que a hipnotizava? Pensava o fiscal Valdomiro, que nunca a olhou nos olhos. Seria a questão da numeração? O número um do assento lhe fascinava? Indagava o servente que limpava a rodoviária, o mesmo que nunca espreitou sua bunda.

Então o prazer de incomodar? Palpitava o motorista Marcelo, que nunca olhou seu decote.

No anonimato de mais uma manhã algo mudou. A modernidade de uma filosofia empresarial vomitada por um *coach* de última geração orientou o dono da empresa de ônibus a não colocar em seus coletivos numeração nos assentos, pois assim as pessoas tinham o poder de exercer suas escolhas, o que acabou com a catividade dos lugares predeterminados.

Tais então perguntou.

O que houve com os bancos?

Recebeu uma resposta armada e muito bem decorada, porém fria do novo motorista que começara naquele dia.

É a renovação geral da frota.

Tais agora se olha no espelho, no quarto número um do Hospital Nossa Senhora.

Monstro analfabeto

Ao chegar à sala, viu ao fundo o local aonde deveria ir, o moço com jeito de doutor lhe explicou onde era direitinho, mesmo que desconfiado, sabe como é, gente da cidade às vezes pode passar a perna, né? Tudo era grande, um salão enorme com umas pessoas com cara de ré sentadas, parecia que em seus rostos estava escrito ESPERANDO, e duas meninas adolescentes recém-saídas das fraldas na frente da mesa.

É aqui para tirar a carteira de identidade?

Sim, senhor, pode se sentar aí.

Ah que bom né, sabe tô meio cansado, tive um monte de volta aqui na cidade hoje, né, passei na loja do Reinaldo para pegar um Glifosato, eu gosto de ir à loja dele, sabe, e se eu não tivesse me perdido logo de manhazinha, já tava até de volta, não sabe.

O senhor já sabe o que precisa para fazer a identidade, é segunda via, não é?

Sim.

Então tem a certidão e o comprovante de pagamento no banco do estado?

Comprovante, ih nossa isso eu tinha esquecido.

É, o senhor vai ter de ir lá antes que feche pagar e depois me trazer o comprovante aqui, entendeu?

Ah tá.

O senhor me entendeu? Tem que trazer aqui para mim, ok?!

Saiu lentamente da repartição apalpando os bolsos como se procurando algo. Mais uma vez teve que perguntar onde ficava o banco do estado, depois da segunda explicação sentiu como se alguém o estivesse perseguindo.

Mas ai, que encosto! Resmungou entre os dentes que já eram raros.

Tardando-se no banco, via as pessoas todas cheirosas atendendo ao telefone celular, mas nunca ouvia o telefone chamando, o dele gostava bem alto pra todo mundo ouvir, achava uma graça quando o celular tocava.

Pensava que não deveria ter perdido a carteira.

Os documentos de um homem são importante, ecoava na mente.

Outra vez sentia aquele vulto, incomodado olhava para os lados repetidamente e nada via de concreto.

Resolveu tudo no banco, mas com dificuldade.

De volta ao setor das carteiras, esperava a menina perto de um faixa minúscula de sol da tarde já avançada e pensava que ela tinha idade pra ser sua filha.

Então, limpando a blusa como se tirasse migalhas, a menina o chamou. Seu Eustáquio.

Muito bem, o senhor sente aqui para eu tirar a foto.

Ah tu já vai tirar a chapa agora?

Chapa? Ah! Sim senhor. Ela mostrou estranhar o termo.

Pode se sentar agora aqui na minha frente, o senhor assine aqui.

De repente o que ele via como vulto se revelara, aquela mancha vil, disforme vinha chegando, invadindo em forma de um polegar enorme, tomava conta da sala, derrubava cadeiras e mesas, arrancava divisórias, manchando tudo ao redor com tinta preta, um borrão sujo, uma tinta onipresente em todos os sentidos, olfato, tato, tudo.

As valetas disformes saltavam aos olhos lembrando um labirinto. Pingando a tinta pelas extremidades de cada risco interrompido, então começava outro sem um fim ou um começo em forma oval e circular.

Escurecendo a sala, nada mais se via somente aquele dedo enorme, vasto.

Ainda surpresa, a menina deixou cair a caneta, indiferente à presença do dedo.

E Eustáquio pegou do bolso do paletó um saquinho de fumo e um livreto de papel e começou a fazer o ritual de preparar o cigarro tipo palheiro, mesmo que tremendo ao extremo, a ponto de derrubar quase todo o fumo entre os dedos frios, no chinelo e o chão.

A marca dedal rebolava grafitando, inundando as paredes e se fazendo perceber como que se mostrando.

Então, voltou uns centímetros para trás e começou com um ímpeto a amassar os escritórios ao redor que eram separados por finas divisórias, logo tudo estava marcado, tudo era uma digital, tudo.

Satisfeito, o grande dedo borrado voltou-se aos dois estupefatos, assustados e ali se plantou parado, estaqueado.

Entre um engasgo e outro, o surpreso homem calejado respondeu à menina:

Eu não sei escrever, minha filha.

Vento indomado

Para Marcelo Neves

Sua mãe o batizou de Tau, nome que ela ouvira da boca de sua avó ao desejar que um filho dela assim fosse chamado um nome que veio da África. Naquela época este poder de nomear e desafiar a posteridade pertencia aos senhores das charqueadas, aos estancieiros donos das terras.

Com a avó teve pouco contato, mas sua fama de comprar briga com a nova geração a antecipava, onde quer que chegasse era respeitada não só porque os novos não queriam falar daquela época da escravidão, mas porque vovó era respeitada, seus brancos cabelos falavam mais que suas palavras.

Na névoa da memória se lembrava de uma discussão em que ela defendia que tínhamos que trocar nossos nomes, tínhamos que ter os nomes dos pretos velhos, era assim que se referia aos que primeiro vieram para cá, os que sobreviveram do além-mar.

Batia na mesa com sua mão calejada e forte ao ser retrucada, mas sabia separar o português arranhado para passar candura ao falar com algum filho, sua mãe se ausentava da celeuma, achava que baixando a cabeça e trabalhando tudo seria resolvido, mas com o tempo e com a convivência com meu pai vergou o orgulho de nunca ter brigado, a prova disto era meu nome: Tau, bravo como um leão. Meu pai era ligado a clubes negros, reduto do samba, do charme e de resistência. Tinha outra visão sobre tudo e dava razão para a avó, e assim a admirava muito. Logo foi ladrilhando os pensamentos de sua mãe.

Eu nasci e meu nome tinha influência africana para orgulho de minha vó, que não estava mais aqui, tinha ido para Orum, nosso céu, o descanso espiritual, e com merecimento.

O tempo passou e sedimentou uma eterna desconfiança na forma como Tau enxergava o mundo e a forma como tudo o cercava, sempre pronto e alerta quanto à maldade deste mundo branco, mas na sua mente ele não pensava assim tão drástico, sabia pesar os maus e os bons como em qualquer conjunto de humanos, havia as brisas e as tempestades.

Caminhou na vida sem nenhuma alteração em relação a sua cor de pele, na escola sabia estar confortável, na vila tudo é um povo só, a pobreza unia os diferentes, sentia este clima levando-o a gostar da escola.

Sua estatura alta e forte o carregou ao exército, onde aprendeu a obedecer, e peneirou algo de bom, a disciplina e a proatividade, não gostava de esperar que os ventos governados pelo acaso lhe fizessem oferendas de oportunidades, corria dentro da grande engrenagem, gostava de pensar o mudo desta forma.

Lá a cavalaria o adotou e ele foi um bom filho, aprendeu os ritos dos cavalos, lidou com bridões, arreios, ferraduras, rédeas e tudo que lhe foi colocado sob responsabilidade, limpar as baias foi o início, e depois subiu de nível.

Um oficial depois de uma leve discussão o chamou de sangue quente, indagando-o sem tomar noção da hierarquia, o oficial explicou que o termo tinha relação com a raça do cavalo, sentiu-se um novelo, mas preferiu não perfurar a superfície daquela ofensa, o dinheiro que ia um pouco pra casa e a baixa do serviço militar recuaram seus instintos que moviam seu punho cerrado.

Foi lá que conheceu o gauchismo e toda sua cultura.

O tempo passa e o fim do serviço militar chegou com gosto agridoce, em sua mente houve bons momentos e alguma aprendizagem, a disciplina é sempre bem-vinda e sabia carregá-la para sua vida, desde objetivos a alcançar até como arrumar as suas roupas, seu ambiente, sua postura, porém estes eram conceitos não muito contundentes em uma família grande e espaçosa.

Soube peneirar seus instintos, dar rédeas à maldade interna e controlar o monstro dentro do peito; a hierarquia doma as garras ou encontra outras maiores pela frente e a vida vira um ringue. Mas o inimigo agora não era imaginário e não ficava nos campos de treinamento, se chamava desemprego, vilão de muitos amigos de infância do bairro.

Currículo, foto, roupa alinhada e esta seria a nova batalha. Mas foi no CTG que entrou um aliado. Amigo de infância e da época do quartel falou que ia pegar de garçom em um restaurante na Interfeira, maior feira do agronegócio do estado e que tinha uma vaga além da dele e poderiam ir juntos, era temporário, mas a grana valia a pena. Como dissera seu pai, os contatos às vezes valem o risco.

A liturgia dos afazeres era simples, a equipe formada por cinco pessoas, gravou o nome só da guria, Fabiane, linda morena. Acreditou dar a volta ao mundo no primeiro dia de trabalho, era um vai e vem interminável, cozinha, pratos, copos, bandejas, pano de limpeza e um cansaço ao final da noite que não chegou a se comparar com o cri-cri do quartel ou alguma obra que tivessem pegado nos últimos tempos, ou seja, é bom e o ambiente rústico mas de bom gosto é sempre acolhedor.

Chegava altas horas e na cama, sentado, pensava já no que fazer depois que a feira terminasse, mas o sono crepusculava a ansiedade.

No domingo, a atividade seria o dia todo, beijou o São Jorge na correntinha, companheiro do peito e rumou. O cardápio seria bem gaúcho, churrasco e acompanhamentos. Urbano, o dono do restaurante, avisou que aquele dia seria de autoridades e de grandes criadores pousarem no estabelecimento. Pediu entrega de todos da cozinha aos garçons, só o assador que chegaria mais tarde, era amigo de Urbano e viria exclusivamente para fazer o churrasco.

A manhã se formava e nada do especialista. O celular foi a arma de Urbano, que atônito bateu na mesa com raiva crescente. Cansado de esperar e com as horas no cangote, pediu um voluntário para fazer o churrasco. Tau levantou a mão prontamente e logo foi para a churrasqueira com o "patrão".

Só carne de primeira o esperava, tudo do bom e do melhor, a churrasqueira ficava atrás de um espaço com vidro, ou seja, a amostra dos clientes dividida entre a tradicional e a *parrilla* uruguaia. Deste universo não medrou, mas pensou na correria do atendimento aos clientes. Urbano explicou a observação na comanda para pedidos à la carte e o espeto corrido.

Missão dada é missão cumprida, depois de pesar e contar as carnes, era hora de fechar a cozinha, com tom fiscalizador tudo era contabilizado, mas o patrão deu falta de uma peça de carne, contou, recontou com seu jeito próprio vociferou, já era o uísque falando alto. Em outros restaurantes eles fazem do jeito deles, aqui é assim, vamos fechar essa conta disse com a voz modificada.

Tau sentia que ardia mais que a brasa que se extinguia na churrasqueira, com o desconfiar do patrão, fechou os punhos de raiva e começou a limpar os utensílios de forma frenética e repetitiva, diante das contas do dono, que rasgava papéis e batia com a cabeça da caneta na mesa de madeira maciça.

Então ele solta um palavrão e diz estar tudo certo. Ufa!

Ao sair, percebeu que muitos ainda ficaram no recinto, rindo e conversando, para ele a noite acabou mais cedo depois do elogio do dono do restaurante.

O sol nascera vibrante e anunciando o último dia naquela função toda que Tau degustava com alguma repulsa.

Agora como garçom a rotina se estabelece, copos, pratos, espera, chope, cerveja, uísque, avental alinhado e o tempo voava leve, foi possível gabar a decoração, lustre de roda de carreta, coleções de rádios e discos antigos alusivos à música gaúcha bem tradicional, cadeiras todas com pelegos impecavelmente brancos, e um mapa do Rio Grande em couro em um tom marrom onde cidades específicas foram entalhadas que lhe chamava a atenção entre um descanso e outro.

O tempo mudou, com destreza nuvens resumiam o dia e o crepúsculo chegara mais cedo, anunciando um possível temporal, o fluxo de clientes era grande, mas tranquilo e cordial, tudo certo, a noite chegou para ficar e a ventania também.

No avançar das horas um último grupo chegou liderado por um homem baixo de bombachas largas e botas lisas com aparência de novas, sentou e pediu com ar de exigência, acomodou-se como que em casa e falava alto com ar de velho conhecido, na verdade era sim, mesmo que de vista, por Urbano, pediu um cinzeiro e acendeu um charuto longo e baforou para o alto preenchendo lugar além de sua órbita, seus companheiros riam e o acompanhavam.

A garçonete agora era Fabi, os olhares entre ela e Tau avançavam e ela foi servir os clientes. O impertinente gritou para o patrão:

Tu melhoraste o atendimento aqui hein!

Tá florido.

Em resposta, o silêncio da menina e um andar doravante cabisbaixo.

O rito seguia e as lancherias e restaurantes das redondezas começavam a cerrar as portas, os animais eram encaminhados para o descanso e os trabalhadores da limpeza apenas começavam sua labuta.

Tau então, na frente do balcão em diagonal à mesa do grupo, ali ficou esperando a liberação do lugar onde ouvia tudo que se falava.

Urbano então chegou à mesa com um sorriso montado.

Senhores, devido ao horário ficarei com vocês caso queiram mais alguma coisa do bar, mas vou liberar os garçons, a cozinha e fechar, ok?

O senhor expansivo roçou firmemente os dedos na barba já branca e a um passo do grito falou agarrando o braço do patrão.

Ra! Agora veja só, eu acostumado a domar potro bravo e égua redomona pelas ancas.

Domo esse negro aí também. Fica todo mundo, eu estou pagando! Ou faz como tu quer também.

Naquele instante o temporal se esvaiu e o sangue de Tau também, por ouvir e ver o olhar torto do impertinente homem.

Tau então entendeu e fez jus ao seu nome.

Albergue dos Ventos

O vento em transformação balançava as cortinas das longas e antigas janelas da casa de passagem, na verdade ela tinha muitos nomes, casa-lar, refúgio, abrigo, mas todos a chamavam de Albergue.

Agora esperando uma audiência me lembro de tudo, foram pintas as cores da lembrança em mim, por meio desta brisa que invade o corredor do fórum.

Era uma casa antiga com portas que contavam histórias e janelas que mostravam mais que a paisagem vasta, naquela altitude a cidade ficava desnuda, mostrava-se dali. Mantida pela prefeitura, sua infraestrutura depredada era constantemente vítima de gambiarras das mais diversas, arames, tubos, pinturas de péssima qualidade, tábuas onde deveria estar cimento e uma sala de ferramentas que se transformou no monstro do entulho.

Aqui residia, naquele momento, o Joca, o Dudu, Alexandre, Maximiliano, Max para todos e eu, poucas ou nenhuma criança pequena, a rotatividade era normal e abundante, mas naquela época parecia tudo calmo como um pré-temporal.

Domingo era sempre entediante, não tinha nada, nem compras que chegam à segunda, nem visita de alguém da saúde que é na terça, muito menos a psicóloga que aparece na quarta, aos sábados era dia de visita para quem tem família habilitada ou pode receber, como muitos de nós não têm nem o primeiro nem o segundo, as expectativas não vingam e não frustram também, mas o bom é o clima que se criava. Limpeza e arrumação que acontecia na sexta. Alguns limpam até a si mesmos, em uma esperança vã, mas ainda assim esperança.

O pessoal de adoção não tem dia nem hora, quando há uma possibilidade eles vêm, mal me lembro do rosto da dona Gladis, ela que vinha dar a notícia e preparar para uma possível adoção, seu rosto se esvaecia de minhas lembranças. Também aqui só tem guri grande, eu sei que adoção agora nesta altura é difícil, mas tento não pensar nisso.

Tem aqueles que só estão aqui por um tempo mesmo, tipo se deu um rolo em casa, os *homi* manda pra cá, dizem que por no máximo seis meses, com estes procuro não fazer muita amizade.

A TV era uma das primeiras a acordar aqui, e o Roberto, o monitor, guarda, vigia, faz-tudo estava de plantão. Ele é legal, mas não é muito de falar, mas pelo menos ele sabia jogar videogame.

Naquele dia o vento crescia e as nuvens claras confabularam até se renderem às mais escuras, ou seja, lá vinha chuva, na verdade no noticiário anunciava um temporal, ciclone, essas coisas, aqui é chato com chuva não dá para ir ao pátio nem curtir a rua pela frente, que mesmo murada deixava escapar a vida lá fora. Então dê-lhe jogos de tabuleiro, o Caio Perdeu, Jogo da Pizza, Banco Imobiliário que estava sem metade das notas, a TV e videogame. Eu era o único que gostava de ler entre todos que aqui estavam há mais tempo, celular já tinha sido inventado, não para nosso mundo, era um só para todos.

Por esses dias chegou um livro diferente, *Metamorfose* era o nome, o cara virava uma barata, não entendi direito, mas às vezes me sentia como uma barata aqui, preso, limitado e diferente de todos, mas eu gostei do que li, fiquei imaginando as várias patas, mas depois lembrei que podia haver um chinelo para me matar, é, o livro era diferente.

Sempre gostei de olhar pela janela e pensar um mundo fora deste ou colorido que me abraçava pelas nuvens que via de longe pela janela da casa, ou quem sabe uma corrida de rolimã por esta lomba, a criatividade era farta. Um dia falei para os guris, vamos colocar luzes coloridas nas janelas, todo mundo na cidade ia ver as cores cintilando. Não me deixaram fazer, chamaria muita atenção o lugar é meio secreto, por motivos de segurança e tal. Aquele Natal foi bem preto e branco.

Vez ou outra eu provocava os guris, gostava de fazer isso, entrar na mente e plantar cores nas ideias deles como uma terra farta gorda e preta. Como dizia um psicólogo que vinha aqui, a vida real devia ser plantada na nossa mente.

Tu tens que entrar na mente. Às vezes até dentro da tua mente também.

Provocava eles com perguntas doidas sem resposta até. Um exercício de imaginação montando as ideias dos colegas.

Max, tu já pensou em ser advogado?

Dudu, já que tu é o mais bonito da turma, me leva para ser teu empresário quando entrares para TV?

Xandão, tu vai ficar louco, tampa, abobado, de tanto YouTube na mente.

Um dia perguntei se eles já tinham tomado banho de chuva no verão.

Max disse que não, tinha medo e preferia ficar no seu canto por causa dos raios, dizem que eles caem nas pessoas é nessas horas. Na minha mente, que se inundava com aquele vento que agora era forte e falava pelo ranger das portas e janelas da casa, pensei que cada resposta deles fosse como um vento, um tipo específico de vento, e que traduzisse meus colegas.

O Max, por exemplo, uma brisa acanhada, não faz movimentar nada, pacífica e medrosa às vezes, uma lufada mais forte já não seria ele. Disseram que quando a mãe lhe batia nunca chorou ou gritou, apenas procurava um canto e ali se amontoava por horas, encolhido ficava a metade do seu tamanho, certa vez se urinou no canto da sala do barraco. Mas isto é o que falam, e eu não vou perguntar, ou tirar onda, tudo tem limite.

Dudu imaginei uma enxurrada, a varrer tudo, levar a casa dos *playboy* embora, deixar só os alicerces, tipo aqueles furacões nos Estados Unidos que aparecem na TV e no YouTube. Ele era mesmo uma ventania, tinha a boca maior que ele e contava que brigava com o pai dele defendendo a mãe que seguido apanhava em casa na frente dele, quando tinha 8 anos. Certa vez depois de uma discussão arremessou uma tábua de carne no pai, na verdade ele queria uma faca, mas não encontrou a tempo, o pai desmaiou e ele fugiu sem a mãe, que quis ficar em casa mesmo ele tentando arrastá-la. Resultado, quando seu progenitor acordou, saiu com um pedaço de pau pela vila atrás do garoto, gritando e prometendo matá-lo. O guri se escondeu por dias no bambuzal atrás dos apartamentos amarelos do bairro Santa Lúcia. Dividiu ali o espaço com os noia viciados em pedra e maconheiros de todo tipo, à noite ele contava que entrava numa casa abandonada, e dormia em um sofá velho, foi graças à fome e a aproximação do pai caçando-o que descobriu a casa abandonada, depois os vizinhos chamaram a polícia, que por sua vez o trouxe aqui.

Mandou-me parar com aquelas perguntas idiotas que isso era coisa de criancinha e nós pretos não podemos nos perder em bobagens.

SE PA! Ele adorava essa gíria, vou passar bagulho, isso que dá dinheiro, compra uns Nike, correntão, é vou *dá* tiro em *playboy* isso sim. Disse ele.

O Joca acompanhava o Dudu. Vento forte é sempre melhor, disse ele e se fechou em seu mundinho, na verdade ele sempre foi um dançarino ia pra lá e pra cá dependendo de quem mandasse na casa, também era o mais velho e o que há mais tempo estava aqui, conhecia os cantos e problemas da casa melhor que os monitores. Mas sempre notei que ele mudava à medida que os temporários vinham e saíam. Era um vento incerto sem rumo e direção, na reunião de grupo uma vez o tema era profissão, ele disse que queria ser policial, e depois na mesma fala pretendia ser motorista de Uber, hoje eu o entendo, na época nem um pouco.

Eu uma vez li em uma revista que o equilíbrio era importante, a frase era tipo que a vida é igual a andar de bicicleta, que tínhamos que estar sempre em movimento. Gostava da palavra "equilíbrio", devia ser coisa de doutor, ou gente estudada, depois que descobri seu significado me identifiquei e me enxerguei como um vento refrescante em uma tarde de verão equilibrando tudo.

Eu sei que vou sair daqui, com quem e como é um mistério, mas sei que posso fazer melhor e equilibrar minha vida, a tia da limpeza que vem uma vez por semana fazer a limpeza grande, depois de me ver lendo, me falou que a filha dela era advogada e que como eu devorava livros. E por que não?

Ela me explicou o que faz um advogado mesmo, eu sabia por alto, nesta vida orbitamos a justiça com diversas faces, na maioria das vezes a conhecemos de forma abrupta. Assim como este temporal que batia a porta dos fundos.

Conheci um advogado quando minha avó queria ficar comigo, mas ela morreu antes do engravatado levar os papéis, vaguei na casa de uma tia que passava bagulho, nunca vi tanta gente entrando e saindo da casa e de dentro dela, depois com uma prima mais velha que na primeira vez que quis me bater saí pela janela e nunca mais voltei, então parei aqui, mas não sabia bem o que ele fazia, sabia que era advogado.

É isso que quero ser, mas sei que o caminho era tortuoso desde sempre.

A chuva chegara e com ela o alvoroço, fechar a casa, colocar o balde no canto da cozinha, verificar as portas e esperar. As árvores na rua relataram o quão forte era o tornado, vimos uma telha de metal sair voando que nem o super-homem e o barulho da água forçar-nos a falar mais alto, cachoeiras se formaram nas ruas e nas calhas das casas vizinhas.

Dudu falou que um galho do abacateiro dos fundos caiu ao chão, e assim com os olhos bem abertos passamos o domingo e o ciclone.

Segunda um carro da prefeitura chegou depois do café, naquele dia em virtude da chuva não iríamos para a escola, uma senhora com o semblante entre o fechado e o triste entregou um papel para tia Cleide, a assistente social, que estava lá conosco, ela leu e sentou como uma queda, logo vi que não seria uma boa notícia.

Ela nos reuniu na sala grande e deu o aviso que o prefeito ou governador ou deputado, sei lá, iriam fechar o albergue e que iríamos para lugares incertos. Tristes e com o gosto amargo que já conhecíamos, ficamos cada uma do seu jeito, chateados.

Abri as janelas e deixei o vento agora calmo entrar, mas a ventania, o temporal ainda não tinham acabado para nós.

Figueira verdadeira

Quando saiu, seu pensamento e destino estavam entrelaçados, cingidos mesmo que invisíveis, da sala ouvia-se a TV ligada no noticiário, onde uma entrevista com Gabriel Amaro, líder negro da cidade, tratava da história da Figueira e sua ligação com a escravidão na região e no Brasil, que ela seria testemunha do primeiro contato do povo africano com o Sul e nela repousava fragmentos desta história. Ignorou, mas ouviu.

Foi o máximo que escutou, seu pensamento era firme e decidido, iria sair e entrar no jogo. Cansou de depender da avó e de suas merrecas para ter dinheiro, queria tênis de marca, boné tipo panelão, roupas da hora, que nem o MC VU, pegar em uma pistola, ser respeitado na vila, a escola não fazia sentido e nela era turista, na verdade era uma sedução não só dele, mas coletiva, oriunda de vídeos e músicas, muitos jovens almejavam um estandarte de crime a sua frente.

Já tinha falado com Lomba, o traficante da zona, ia passar pó na Figueira.

Ela ficava em uma esquina, ponto estratégico da vila, tinha movimento, mas era possível ser discreto embaixo de suas frondosas galhadas, era gigantesca e o sol não governava quem embaixo dela ficava, o caule em tons de cinza fora rabiscado, cortado com inscrições mil, várias pessoas eram necessárias para abraçá-la, havia partes ocas quase cavernas, em um conjunto de galhos alguém teve a ideia de construir um tablado que foi interditado pela prefeitura, na calçada idosa percebia-se um totem de concreto com marcas de uma placa, o único resquício que a denunciava era um logo da prefeitura da cidade. Ela era a esquina e a esquina era dela, na verdade o bairro todo, pois levava seu nome, enfim um ponto importante.

O asfalto era ali irregular, suas raízes invadiam espaços desafiando o concreto e a cidade, que nunca lhe pedira licença, salvo pesquisadores e estudiosos que vinham tentar descobrir sua idade, estes prestavam as devidas reverências, e por eles era alardeado que a frondosa árvore tinha mais de quinhentos anos, isso era certo, mas o alvo correto de sua idade nunca seria alcançado.

Ela era um símbolo, uma entidade que muitos setores da cidade enxergavam como referência, pois era ali que os negros vindos do rio que passava mais ao sul na sequência de uma estrada, eram classificados para trabalhar nas antigas charqueadas da região, era ali também que chegavam ao triste fim muitas histórias arrancadas de seu início no outro continente, a abrupta diáspora, era ali sob a vigia das folhas da figueira que o estertor dos escravos encontrava mais um capítulo, os que não serviriam para a labuta no sal e na lida da carne, ali mesmo jaziam, entre valas e valetas seus corpos adubaram as raízes e nutriam a árvore com sangue, sem liberdade ou nome.

Muito se fala dela nesta cidade do sul do Sul, uns não ligam, outros acreditam que nas redondezas pairam espíritos, casas vizinhas eram mal-assombradas, relatos de antigos moradores ouvindo vozes e roçar de correntes eram comuns, logo a desvalorização da região era latente, ambiente que fertilizou o tráfico de drogas e mais uma vez a permeia o andar torto dos homens.

Ela também flagrou a chegada de Bizu em seu primeiro dia na lida do tráfico, seu nervosismo e arrogância e a vigia de muitos olhos do patrão dono do movimento da região.

Seu *début* era pesado, muitos carros, idas e vindas, mensagens de voz do patrão a todo o momento, e um gosto de quero mais ia se formando na boca de Adolfo da Silva, agora rebatizado de Bizu, o novo escravo do tráfico no bairro da Figueira.

Já não se lembrava do chalé verde da avó ou dos irmãos com os quais dividia o quarto pequeno, seu pensar era passar para os loucos o produto.

A noite estendia seu manto na cidade que não dormia e Bizu voava alto do chão, fazia parte do movimento que almejava mesmo com um gosto de culpa no fim da língua. A droga em seu corpo fazendo efeito, tudo na noite é amplificado, dobrado e a loucura tinha vez, outros que por ali gravitavam notaram seu entorpecer e riam e o chamavam de guri.

O novato tá chapado. Tá locão, subiu, subiu! Já outros o advertiram para ficar ligado ao movimento.

Nessa confusão sensorial de cores e visão embaçada, ele não viu a chegada da polícia, já seus cupinchas tarimbados do serviço correram ou se esconderam no matagal próximo. Bizu percebeu tarde demais e correu já sob o piscar do giroflex vermelho e o falar alto dos tiros.

Eram três viaturas que afugentaram quem ali passava, sem falar nada, quem narrava agora o destino eram as balas e uma delas acertou o mais jovem recruta da ilicitude, seu corpo entorpecido não sentiu de imediato o queimar do projetil e continuou correndo até parar por receber outro tiro e ele então sentiu a impossibilidade de continuar, caiu ao chão. O medo e a cólera combatiam o entorpecer e o levaram a um despertar de consciência forçado que foi se esvaindo junto como sangue e enegrecendo sua visão, imagens, lembranças, a sua casa e família lhe vinham à mente, o medo da morte o abraçou por completo.

Agora já não era Adolfo da Silva, filho de Ana, neto de Dona Janaína, irmão de mais dois, jovem que vagava pelas ruas mais que pouco frequentava a escola, também não era o inexperiente escravo do tráfico escudo de Lomba, o gerente da boca. Fechou os olhos, sentiu o galopar no peito entre o desmaio e a lucidez entorpecida, agora ele era escuridão e nela caminhava sem sentir, como em um túnel, nem frio nem calor, uma leve brisa o alcançava crescendo e o conduzindo aos poucos, luzes se avolumavam em sua direção e um cenário se moldava.

Na visão desacordada a figueira agora não recebia luz, ela era luz e incandescente distribuía feixes por entre suas folhas e galhos que cintilavam e dançavam brilhando, quase o cegando, ela pulsava e dominava tudo que via como um sol de brilho dançante.

Sendo seduzido pela visão onírica, percebeu outros pontos de luz de forma humanoide que se formavam, pessoas homens, mulheres negras, mas de uma forma contrária suas feições eram de negras, entretanto sua luz dominava o olhar, pois dele emanavam raios onipresentes mais serenos, andou mais alguns passos e recebeu um abraço sem toque de muitas luzes, dezenas de mãos que o tocaram como que o abençoando e falando em uma língua que ele não conhecia.

Nesta celeste turba, uma luz se destacava, se impondo e brilhando mais forte, a forma se definia em uma mulher altiva, sua figuração se delineava, semelhante a uma mãe quando abre os braços, e seu *Aso ìró*[1] resplandecia, seu turbante era uma *capulana* que ela desenrolava e cobria Bizu, que agora se prostrava de joelhos.

[1] Roupas típicas de povos africanos (Aso ìró e capulana).

Notou seus cabelos brancos como uma seda e suas rugas mostravam uma sabedoria que combinou com as palavras que proferiu.

Meu filho perdido, meu erê. Neste caminho te encontramos com a centelha quase falha e te salvamos agora.

Filho de Manjolo, Angola e Mina, escute nosso batuque.

Vai, trilha a estrada sem grilhão
Vive agora uma senda de erro,
mas te liberta para correção.

De além-mar viemos
E nesta terra fria perecemos
na tua herança cremos.
Este é teu presente
a governança de nosso passado

Teu axé não perecerá escravo
preso a novas correntes.
Mostre o brio e a cor deste povo bravo
és tu e tantos outros nossos descendentes.

Aqui jazem nossos ossos
Em tijolos nossas marcas
traz luz a história em destroços
revela a força de um povo de monarcas.

Dias se passaram e Bizu acordou no Hospital, mesmo lento e desnorteado, no fundo de sua mente, como um eco, sabia o que fazer. Tinha contas a acertar com a justiça dos homens, mas também com a matriarca de luz. Devia procurar o estudo e os pesquisadores, libertar a si e a história.

Anos mais tarde, alforriado da justiça, sentado no chalé verde de Dona Janaína, ouviu o noticiário:

Encontrados vestígios arqueológicos na grande figueira, ossos e tijolos entalhados com mensagens de escravos foram desenterrados. A descoberta comprova que nossa cidade foi o primeiro porto de entrada de escravos no Sul.

OUTROS VENTOS

Caído

No passado era assim.

O terreno escolhido era bom, os termos com o proprietário também, parecia que seria uma grande temporada naquela cidade mediana mas sedenta. Todos sabiam que o público daquela cidade era muito carinhoso.

As primeiras providências, banheiros, água, luz, tudo sendo feito dividido em equipes não organizadas, mas já decoradas cada qual sabe o que tem de fazer, é assim a vida do circo.

Cabos, cordas, lonas muita lona.

Mas muitas mãos davam atenção para os mastros principais, carregados com sincronia os homens os apelidavam de pais.

Este momento silencioso planejado mostrava na face de cada um o instante de paz ou de preocupação, um holofote cegante e radiante ou âmbar de meia fase.

Uma euforia contida que despistava o olhar para a obviedade da vida ou do dia a dia, uma rotina com início, meio e fim. A autorização da prefeitura já chegou, isso já é meio caminho andado, todos querem estrear na sexta. Que pé de coelho.

Um dedo apontado demarca imaginariamente arquibancadas, entrada, bilheteria, brindes, uma mão calejada levemente cortada desenreda cordas e cabos, tudo em um canto, agulhas, martelos, pregos, estaca, e os mastros à espera serenos, porém importantes.

Risadas, piadas.

E um vento que se pronunciava.

O carro de som já vai sair para circular pela cidade divulgando a chegada e a estreia. Alegria, o circo vem aí!

Risadas desencaixotam-se, nos *trailers* são as mulheres que se multiplicam em descascar, lavar, cozer e coser, sempre acompanhadas de uma sonata de choro infantil, aqui a família anda mais junto que em qualquer lugar.

Uma máquina de carne, músculos e ossos faz a pintura viva, que se move entre a forquilha de aço amarrada com arame e a tentativa de colocar a corda no pico do mastro para puxá-la depois. Ruídos, suores, arfares, aprumar é agora o objetivo.

O vento atrapalha a fala, gritos são promovidos.

Lá estão eles, os dois mastros principais altivos, reverberantes diante de um universo de lona, eles eram os pais de toda estrutura. No início, todos na volta param e lhes dirigem sua atenção sem sentir resquício de cansaço.

Abaixo deles tudo virá, a primeira lona, o assoalho, já estava a postos, grossa para evitar o barro e os cabos para a lona de apresentação, as cortinas tudo, tudo, vem depois à mercê da proteção mirante dos principais.

A periferia do circo já tomava forma, caminhões, *home truck*, e os olhares transeuntes na rua se alvorotavam. O circo voltou!

Mas ríspidas e inclementes nuvens negras implantavam uma maciça marcha rumo à cidade, a região estava de alerta para a forte chuva.

O Mastro já estava firme e garantido, tudo tomava forma. E o temporal também.

Sexta era o dia programado para a estreia, a chuva também queria show e entrou nos planos da trupe, quem vive disto tem na chuva um revés controlado e no vento um inimigo declarado, a combinação dos dois é o caos, um alerta vermelho.

A ventania começava a lamber as árvores no fundo do terreno, antenas pendiam, alguns na rua corriam, fios de postes se tocavam gerando faíscas, galhos inteiros criaram asas, e a chuva começava a lavar as ruas, rios de veloz correnteza eram os frequentadores das calçadas. Agora dentro do picadeiro mais que goteiras, fios de água que aumentavam o alagamento embaixo da grande lona montada no dia posterior, as cordas e cabos trabalhavam muito neste momento e começaram a ceder e rasgar, alguém colocou a mão na cabeça, outros corriam, uma criança chorava com um travesseirinho na mão, o palhaço que dirigia uma moto no globo da morte corria, o trapezista que também era recepcionista pegava no celular, a dançarina, equilibrista e assessora do mágico entrava no furgão e o medo se multiplicava.

As hastes então forçadas pelo convencimento do vendaval já não seguravam a lona que pendia e balançava aquele universo colorido que se entristecia com o medo de algo sem nome.

A lona agora rasgava a sinfonia executada pela ventania com movimentos fortes, o peso dela se multiplicava balançando tudo e todos.

Os mastros!

Mudos todos correram para segurar, pois eles se moviam, num balanço lento.

Trovões competiam com agora surpreendentes gritos, nada mais importava, o pai tinha que ficar de pé, manter o que sobrou, ele era o cerne, o vento não parava, molhados todos eram um só, mãos, cabos, cordas, um esforço para manter os mastros, os pais, que com sua retidão sustentavam a casa.

Então o choro se justificou, a perna bamba se fez comum, a retidão, a probidade de uma importância se foi, quebrou, vergou.

A lona caída gritava alto em meio ao mundéu de água e lágrimas misturadas em uma coisa só.

Não há mais mastro, não tem estreia, os principais se foram, o pai quebrou.

O circo agora se calava.

Página aberta

Chegaram livros novos, uma coleção sobre educadores vinda direto de Brasília, ou seja, livros padronizados, capas parecidas, um padrão.

No computador uma leve poeira mostrava a cor âmbar que o sol de final de tarde revelava. A tela, trocando as fotos, mostrava uma equipe feliz, demonstrava também que o computador estava parado a um bom tempo, o que não era novidade.

Arrumou os cabelos longos, naquele horário o calor era um visitante desajeitado, estava louca para ir embora, sentiu o aroma do creme novo que estava usando.

Pensou em toda aquela vaidade, questionou. No fim para quê? Ou para quem? Ah! Mas aquela vizinha nova estava com uns cachos..., ai queria ter uns cachos também, podia dar uma repaginada, declinou da divagação, estava bem assim.

Registrou mais um dos livros, que se multiplicavam a cada olhar, o mesmo olhar que se resumia na mesmice daquelas paredes curtas, antigas, sempre soube que as paredes daquele lugar não condiziam com todo aquele conhecimento, não era ignorante.

Livros novos, só assim vindos de longe, pela prefeitura é complicado mesmo, lembrou-se de outros secretários que pela administração da biblioteca passaram, era outro ritmo, outra verdade, não questionava, trabalhava-se mais, entretanto sentia-se útil, parte de algo maior, mas tudo tinha um limite e era o que chama de ranço cultural. Aquelas dondocas frígidas que se acham em uma atmosfera acima do povo, das pessoas, enfim, se achando mesmo, pensou e riu foram tantas secretárias, secretários, encarregados de coisa alguma. Não gostava daquele tipo de gente, tinha na simplicidade um guia, já fora casada e é mãe, então os passos lentos são de quem um dia já correu, pensava.

Olha quem fala?! Calma, Josete, eu só estou sozinha, não estou fria nem metida. Abanou-se, abriu a blusa mais um pouco, lentamente tirou o botão negro da casa como se ele quisesse ser retirado, logo saiu, estava expulso, livre...

Arfou o ar, espalhou-se na cadeira, largou a caneta, balançou as pernas, sentiu o calor perturbante, abanou-se com uma folha de papel, suspirou.

Naquele estado, não percebeu os passos que vinham cadenciados pelo corredor de acesso, eram fortes, firmes, porém espaçados, como se os donos daqueles passos estivessem a observar, a ver o não visto.

Foi pega com o decote palpitante sendo abanado, com o mesmo movimento rápido se recompôs e se abaixou como que pegando uma caneta no chão, o disfarce foi colocado em xeque pelo tradicional "*rum rum*" e um cordial e preenchedor boa tarde.

Ah desculpe, estava distraída. Nunca abotoou a blusa com tanta destreza, mas se recompôs plenamente com um movimento de cabeça que movimentou suas longas mechas negras.

Oi, tudo bem, não vi que era você.

Ah, sim, fazia tempo que não vinha.

É verdade

É, me mudei, estou morando em um bairro do outro lado do morro, tem que passar o centro então...

Ainda bem que não é um estranho, com a Vanessa de férias aqui fica meio deserto mesmo. Refletiu, pensou que o perigo poderia estar perto em um entrar pela porta, mas isso lhe serviu como alívio, pois conhecia o cidadão, não se lembrava do nome dele, mas era um frequentador assíduo, que tinha sumido há algum tempo.

Então, o que procura?

Bem, algo que ocupe alguém com sérias restrições orçamentárias. Alguém sem grana, sem, sem nada e que o dinheiro já não seja uma preocupação. Riram os dois.

Por que, vai ficar o verão lendo?

É mais ou menos, estou mal mesmo, muitas dívidas, então quero ficar por casa, reorganizar essas pendências, lendo escondido mesmo, sumido.

Bem então vou te ajudar, temos uns títulos novos. E se levantou dirigindo-se até o centro da biblioteca.

Eu queria na verdade algo substancial, algo denso para me ocupar até o carnaval pelo menos ou algo alegre, algo que rejuvenescesse, ressuscitasse, entende?

Algo romântico, tipo "Não te amo, quero-te: o amor vem d'alma.

E eu n'alma – tenho a calma".

Agora não entendi, disseste que queria algo romântico e falou que não quer amor?

Calma, é só um poema.

Ah!

Aqui temos a seção de romances.

Ah, legal.

Josete pegou um livro que estava fora do lugar e se embrenhou no corredor, o que acabou fazendo com que os dois ficassem muito próximos, sentindo a respiração, os sons, o calor um do outro.

Ah! desculpe vou te deixar procurar.

A resposta foi a ponte entre os olhares que se cruzaram, ligando algo que nascia como que constrangido, porém marcante, vivo.

Espere. Falou ele, antes que Josete saísse e fosse só uma sombra entre tantos livros.

Eu queria algo desesperado como... Deixa-me ver... Como se fosse um sofrimento, um sofrimento de amor como do Jovem Werther, que morreu sem a extrema-unção de um amor.

Ah! Este eu não conheço. Desculpa.

Essa frase foi o suficiente para florescer na solícita bibliotecária a curiosidade, quem era aquele cara, ora ela o conhecia, ora não. Sim fazia anos que frequentava o ambiente da biblioteca, até foi convidado para um evento ano passado, mas quem era ele na profundidade daquele olhar calmo, do alto daquele corpo esguio, e daquela voz forte e sem variações.

Fantasiou seu corpo, poderia ter pelos no peito, ser forte, reparou nos dedos longos, imaginou onde eles poderiam estar, o que aqueles dedos poderiam fazer.

Ia ser legal algo como "Sonhando no inverno, indo num vagãozinho rosa."

Queria achar uma Isaura.

Ah! Como a da novela?

Ele riu e apontou o livro correspondente.

Em certos aspectos tu parece com a Isaura é um pouco escrava de tudo isto aqui.

Como? Eu! Eu sou só uma bibliotecária que quer ir embora para casa tranquilamente sem maiores percalços.

Humm! Entendo. Mas na verdade pareces uma "Tulipa Real, Alva por dentro com uma antífona, e colorida por fora para realçar a beleza".

Olha, qual teu nome mesmo?

É Sousa, Luiz Sousa, sendo interrompido.

Eu não estou entendendo uma palavra do que tu tá falando, e honestamente não estou...

Gostando? Ele a interrompeu. Não gosta de ser idealizada? De saber que se morre de amor? Ele deu passos em direção a ela. Nem que seja por um momento?

Ah! Olha, por favor, eu não gosto deste tipo de papo.

Então tu és casada?

Não! Mas o que isso importa?

Ehh!

Por que você ri? Josete indigna-se.

Porque isso é bom.

Um breve silêncio vociferou no local, as páginas como testemunhas viram um aproximar predatório, a caça assim se colocava, se abria, vestia a personagem, então, como uma oferenda a ela mesma, Josete queria aquela aproximação, aquele momento, já tinha cores e agora tinha aroma, sentia o perfume de seu algoz e gostava, olhou para as grandes janelas daquela grande sala e um leve vento atravessou a cena como um fantasma e se foi, ela sentiu então mais prazer.

Quando seu olhar voltou para o eminente homem a sua frente, foi abduzida por um beijo cortante e decisivo, reagiu com as mãos menos que com o corpo, que se implodia e renascia em segundos, sentia tremulamente os pés, as coxas, o sexo, a barriga, os peitos, tudo no corpo falava uma só voz e gritava.

Rápida como era, desistiu e se jogou naquele momento que um sonho descreveria melhor, mas ao mesmo tempo queria entrar no jogo, então era hora de se fazer de difícil, desprendeu-se dos braços dele e virou-se de costas.

Ele após colocar as mãos na cabeça e mover os lábios para sorrir, entrelaçou novamente seus braços, dessa vez em sua cintura, ela largou um gemido melodioso.

As mãos agora falavam, eram as quatro uma, linguisticamente sincronizadas explorando aqueles corpos em uma doce convulsão.

A blusa não resistia, entregava a recompensa de um sutiã florido no bojo e vermelho nas alças, logo foi este largado ao chão. O homem beijou freneticamente as extremidades rígidas daqueles peitos generosos.

Josete já não pensava, só seguia o fluxo ensandecido de um fulgor sem nome que a levava até as calças daquele homem que tinha nome, mas era como que um estranho.

Sua mão se preenchia. Era um encaixe que se movimentava carinhosamente depois vigorosamente, ela não olhava somente, desejava e sentia, queria ele dentro do seu corpo.

Foram para a mesa da sala de estudo cambaleando, os dois entre roupas inconvenientes e livros que caíam, eram vários, Hesse, Barsa, Lautréamont, Drummond, didáticos, Ianelli, Freire, todos ao chão.

O que eles em suas palavras poderiam soar mais fortes que aquele gemido comprimido por um dedo na boca?

Seminua, ela então quase caindo se agarrava em folhas de outros tantos livros que não aguentavam a voracidade dos corpos, eram arrancados e jogados, eram folhas ao ar.

Então ela o apertava com as pernas pressionando aquele homem para dentro de seu corpo com força igual ao seu gemido sincronizado, louco.

Repentinamente caíram, deslizaram juntos abraçados como um, entre capas, folhas, poemas, contos.

Continuaram seu sexo sem palavras, mordido, chupado, beijado, continuaram, amaram-se.

Respiraram soltos, ela olhou para o lado e enfrentou Roberto Piva, e achou melhor olhar para sua fonte de prazer, um prazer que há muito não sentia, herança do divórcio.

E a explosão amadureceu em cores mil. Que nem todos os livros ali poderiam traduzir, a mudez do intenso prazer imperou por ofegantes minutos.

Um respirar em sintonia era o posfácio de uma narrativa de pele e rubor.

Ele então começava a se vestir ligeiramente, para espanto de Josete, que reagiu da mesma forma.

Já na recepção, ela corria para a porta ainda arrumando-se, então falou:

– Ei, espera aí, aonde vai, me usa e vai embora? Seu maluco, volta aqui!

Ele se voltou para trás e falou com ar maroto:

– Me encontra na 009.922, C492p, estarei sempre lá.

Ele correu e sumiu na esquina, por tudo que aconteceu e pela resposta técnica dele, ela ficou atônita e nutriu vontade de correr atrás daquele mistério em forma de carne e osso.

Voltou como que acordada, ressacada de um porre carnal, começou lentamente a arrumar a balbúrdia que no local se configurava.

Na sala de recepção, no corredor, entre as prateleiras, um caos, o medo de que alguém chegasse a fez não pensar, só mecanicamente arrumar, organizar. Até que pensou em procurar o livro que ele falou em código de biblioteca.

Sem muita demora o encontrou, era de poemas e procurou o autor, era um autor local, ele. A foto estava esbranquiçada e deteriorada assim como o livro, mas como? Gelou de imediato, contrastando com a brisa quente que fluía pela janela.

Não pode ser! O autor do livro há pouco estava entre meus braços, estou louca!

Fechou e voltou a terminar de organizar a biblioteca, já estava na hora de ir embora, em época de férias era sempre assim, todos iam embora e ela ficava sozinha para fechar o prédio. Fechou e foi embora.

Na rua um vento quente a abanou.

Primeiro adeus

O bolo havia chegado, encomenda muito angustiante, a mãe falava dele a manhã toda.

A tia Anastácia tinha acordado com dor no pé. Veio do interior para ajudar nos salgados.

Brincava, mas era interrompido para ajudar, aqui, ali, ser filho único é ser solícito por involuntariedade.

Parou tudo para ver o desenho, era o único que gostava, olhava e depois desligava a TV ou saía.

No almoço ouvia o nome de tantos parentes que se confundia, por isso resolveu entre uma colherada e outra pensar em quantos primos iriam vir à festa. Norberto, Julinho, a Val, Bebeto, Aninha, será que o Titi vem? Lembrou que a Camila sempre traz a vizinha que tem cara de brava, o Maninho da tia Lu, a Muriel, o Gus, e a Sandroca.

Sempre tinha sono depois do almoço, hoje não, já que o sol também estava muito presente, alto, alto.

Quando passava pelo quarto, via a escrivaninha e os cadernos, caneta, lápis, sabia que naquele dia não ia ter de estudar português, sorria, era como um dos presentes.

A mãe chamou para o banho, tomou-o rapidamente, mas desta vez ninguém notou, colocou a camisa branca nova, não gostou muito dela, mas nem ligou também, já estava quase na hora dos primeiros chegarem.

A correria começou, aquele oi, tudo bem, abraços espinhosos, uns impotentes, outros animalescos, sorrisos de 10 centavos, tentava fugir, mas a chamada era grande, uma recomendação de um e de outro, e sempre agradecia o presente recebido e os parabéns.

A bola tinha vida própria nos fundos da casa, naquela altura uma brisa como uma pluma o acordou do êxtase. Sorridente, constatou, todos vieram. Sorriu.

Os salgadinhos eram de vários tipos e sabores, e a imaginação das brincadeiras um leque em dobro.

No quarto, a cama estava colorida e repleta, representando como a festa estava boa, andava e pulava ou pulava andando, na pequena casa de material que ainda mexia com o nariz, por ser nova e com o calor do verão tudo parecia mais sufocante.

Voltou aos fundos, Maninho estava parado em um canteiro ao sul da casa, retirava pedaços de alecrim e os cheirava demonstrando prazer.

E aí, Maninho, não vai vir brincar com a gente?

Ô guri, meu negócio é outro, já estou indo embora, te ligou?

O negócio é o delírio! Estou cansado dessa gente com cara de lata de conserva.

Na retina ficou reverberando aquela figura na camiseta do primo, ele demonstrava um ar de desdém, na camiseta era *Dia e noite*, de Escher, depois soube do que se tratava. Quis acompanhar com a cabeça aquele movimento, pássaros pretos e brancos, não entendeu, mas ficou ali até voltar do estranhamento, mesmo depois procurava o primo com o olhar, para poder ver a camisa novamente, já não brincava como antes, algo foi mexido ali.

A tarde ia se despedindo da festa, junto com ela gradativamente os convidados, com a barriga cheia e a boca mais cansada ainda, de tanto dos outros falarem, o rito se repetia despedida após despedida. Abraços, beijos, alisamento na cabeça, pegadinha na bochecha, os cômodos começaram a ficar vazios e silenciosos, e seu olhar agitadamente lento à procura dos primos.

A mãe ficou na frente falando com dona Selma, estava tudo vazio e um balão circulava entre os cômodos, lentamente vermelho.

Pegou o refrigerante, no copo quadrado, colocou um gelo, sentou encostado na parede mais fria do fundo da casa e começou a dar adeus, falando sozinho, imitando um bêbado qualquer da TV ou das novelas.

Adeus, Norberto, Julinho, Val, Bebeto, Muriel, Gus...

O sol o abandonou, também disse adeus para ele, e a noite chegou.

Noite farsante

Rudnei sempre gostou da noite, mas de tanto a ela se moldar começou a desconfiar do sabor agridoce que sentia.

Segurança, de baile de *playboy*. Ah! Riu entre os dentes e a fumaça do cigarro mentolado, que para ele significava o início de mais uma noitada, escondia o cavanhaque bem aparado, rindo mais, lembrou-se dos quadros, as cenas apresentadas pelos bêbados de plantão ou pelos de primeira viagem, sem falar nas gostosas, nas sobras, porque sempre tem uma gostosa que se esfrega nos *playboys* e no final da noite quer um homem de verdade.

Os colegas eram como a noite, ora clara ora densa e negra.

O local, desta vez, era o Engenho, um engenho velho mesmo, que o Lair e o Seco compraram ou era da família deles, sabe-se lá, que os dois transformaram em casa de shows, danceteria, essas coisas, era bonito, mas as saídas eram pequenas e tem muito vigia para cuidar o trabalho da gente, muito cacique para pouco índio.

Naquele dia tinha um novato, o Pedro, forte, quieto, pela cara dava pra ver que não manjava das coisas, mas ser forte e alto já era metade da função, tava juntando as latinhas no final das festas e só agora que o Seu Luiz o colocou na segurança. O DJ se conhece nas primeiras músicas, assim é o segurança.

Ô gurizão, pega uma água para nós lá no bar.

Ao virar as costas, Rudnei deu uma risadinha.

O novato voltou, meio que sem saber o que dizer, suando, e fazendo caretas para o som alto.

Oh! cara a água, é 5,00 reais, e eu não tenho grana.

Ehhhh! Ai, te liga, vou te dar o bisu, certo? Uma vez só.

Estes *playboys* não dão nada para ninguém, sacou?

Toma aí a grana, a minha é com gás, sacou?

Teve que deixar o novato de lado para repor gelo no bar do fundo, a casa já ia abrir, porém nada acontece antes da palestrinha do seu Luiz, misto de instrução com desejos de bom trabalho.

Seu Luiz era uma incógnita física, nem gordo nem magro, falava grosso, o que lhe rendia a brincadeira de locutor ou cantor, mas passava um ar de bonachão.

Rudnei olhou para o chefe e pensou.

Tu tá ficando velho, negão, te cuida que vou te atropelar.

Aí, guri, te liga, não fica catando mosca, mosca só vive de dia.

O promovido o olhou incomodado.

Não adianta ficar assim, a noite é uma prostituta. Com uns cobra, com outros vai de graça, geme, grita e arranha, sacou?

Aquele ditado era do pai de Rudnei e ficou ecoando na cabeça e foi se resumindo à medida que a palestra começava, até que ficou completa. A noite é uma puta farsante.

Bom, pessoal, temos hoje aí um membro novo na equipe, espero que todos ajudem aí o Pedro, ok?

Mas o que tenho para falar para vocês é o seguinte, fiquei sabendo que o Vilmo da Segurança Garra andou sondando o patrão.

O Vilmo traíra! Um gritou do fundo.

Saiu daqui da nossa equipe para criar olho gordo no trampo dos outros.

Safado. Gritou outro à esquerda.

Bom, mas pessoal a notícia ruim é só essa, a boa é que o Seco tá fechado com a gente, e me pediu o seguinte, não quer agressão na gurizada da festa, ou seja, nada de soco na pista nada de empurrão ou gritaria, isso não é bailão, é festa universitária, sabe quem a gente pode pegar aí né, filho de doutor, advogado, juiz, entenderam?

Entre caras rugosas, risadas toscas, e palavras inaudíveis, Luiz complementou.

Tem que pegar o querido entre dois ou três e levar imobilizado para a frente que a gente cuida dele lá, ou seja, mais trabalho para os da frente, ouviu seu Carlinhos e seu Rudinei?

Se o Seco ou o Lair pegarem afofando os queridos já sabem, nem precisam voltar.

A desculpa deles é que isso faz mal à imagem da festa, do lugar e a marca da produtora, sem falar que espanta os galetos, a mulherada gosta dos fortões, maromba, os emboletados, não gosta de briga.

Enquanto a peonada comia o lanche que seu Luiz trouxe, Rudnei ruminava a frase, “A noite é uma prostituta farsante”.

A casa abriu, com isso o aroma das mulheres que chegavam alertou os olhares rápidos de todos, pode olhar, mas não exagerar. Tarado não! Dizia seu Luiz.

Os homens se direcionavam sempre primeiramente ao bar, aglomerando-se e rindo.

Na porta, a revista tinha novidade, o detector de metal.

O som já rolava na primeira parte da casa, que era sempre um aperitivo para a abertura da pista principal, ali não tocava bate-estaca, era mais calmo, um aperitivo balançado e com *swing*.

O trabalho corria bem, sempre havia um cheirando num canto amparado pelos donos que mandavam fazer vistas grossas, mas reprimiam a maconha, o cheiro incomoda. As mulheres a mil e os homens falando besteira, assim a segurança via tudo sem ser vista, este era o espírito.

Até que um típico guri, com cheiro de fraldas ainda, foi levado até a porta imobilizado pela equipe que estava na pista grande, a noite já fluía e o povo era grande.

Largado na porta, o garoto começou a gritar, e expressar raiva. O vento havia mudado, a noite dançava pelas ruas e arredores, carros por ali passeavam lentos e observadores.

Quê! Meu, eu paguei o ingresso quero entrar na festa.

Oh! Meu, não fiz nada, quero entrar aí!

Ô guri, se meus colegas te colocaram para fora, não foi de graça, esfria a cuca aí. Disse Rudnei, fingindo desdenho e nem olhando para o rapaz transtornado.

Pegou um cigarro, coçou o cavanhaque, cuspiu do lado de fora.

Ô cara, eu quero entrar aí. Eu paguei e tenho direito!

Esfria a cabeça, gurizão.

Oh! Meu, não fiz nada... a mina, a mina que tava, ô meu...

O vento leve e solto evidenciou que era noite, Rudnei recordou que “a noite era uma prostituta farsante”.

Oh! Meu, tu vai deixar eu entrar aí?

Oh! Meu, cara!

Oh! Meu, me escuta aí.

Oh! Meu, eu tenho que entrara aí.

Rudnei foi ao banheiro, deixou outro no lugar, deu uma volta por toda a festa, para matar tempo mesmo.

Olhou o relógio, a noite era adulta, voltou, enquanto pegava outro cigarro, o garoto que ainda residia na calçada o interpelou.

Oh! Cara, que bom que tu voltou, oh meu, deixa eu entrar aí *pô*, nós se damos bem né bruxo?

Velho, seguinte, se tu não esfriar a cabeça vai ficar ruim pra ti. Ou tu vai embora ou esfria a cuca que até pode ser que eu te deixe entrar *di* novo, sacou?

Oh! Meu, o seu segurança, cara!

O impertinente colocava a mão na cabeça como se desesperado, mostrando sua embriaguez teatral.

Rudnei já não o ouvia, não as palavras, mas o sentia como uma mosca, uma abelha a ser abatida.

Sua raiva aumentava a cada minuto crescendo e queimando.

Logo atrás de Rudnei, ao fundo da entrada, ficava uma janela tipo guichê de um dos donos, o Seco, olhava o movimento.

Seco ao chegar na janela testemunhou.

Viu Rudnei soqueando o garoto até o meio da rua, tombando-o no chão.

A noite é uma prostituta, e hoje ela me traiu, logo eu, o mais velho da segurança, *tô* fora, *tô* fora.

A noite é uma traidora.

BRISAS

Anonimato urbano

O flagelo da cidade
é o cutelo dos nomes

Caso de família

Morreu pela cinta e a fivela
Só porque era a mais bela da favela.

Fim de jogo

Neguinho gostava de jogar bola, nunca perdera, mas quando a bola caiu no pátio da dona Alzira, teve sua primeira derrota.

A fala do telefone

Você não vai falar?
....
Fale alguma coisa?!
....
Por favor! Não faça isso comigo!
De repente o telefone ficou mudo de verdade.
A cortina balança dando corpo ao vento.
Cacos espalharam-se pela sala.

Face

Face a face com meu Face,
Vejo a faceta desta solidão.

Rede social

Um Twitter por um Bitter

Anita

Anita flertou, amou, sonhou, sentiu o vento.
Anita acordou, olhou .... Morreu.

O político vê a escola

Avaliação...
depois explicação.

Trago

Pago
o afago
que trago...

Mas sem gelo.

VENTOS ANÔNIMOS

Fila

Tinha 18 e o tempo não era mais tátil.

Espero não avistar nenhum conhecido para ter que dar oi, apertar a mão ou dizer que está tudo bem e a família, essas coisas padrão de quem não quer falar também, mas como os olhares se cruzaram fica inevitável cumprimentar. O ar estava bom e forte acho que é a única coisa boa em estar numa fila deste tipo quilométrica.

Que sentido? Que função?

Celular, chave, caneta, papéis. Na mochila está o cheque, que conta mesmo? Sempre tenho que olhar umas três vezes até chegar ao guichê. Tem uma moça bonita ali no meio da fila, nossa está se escondendo que corpo hummmmm! passou um tio fedido por aqui ele não conhece desodorante? Celular, horas. Chegou uma mulher atrás de mim e falando alto deve estar cuspindo horrores, será que escovou os dentes, muitos perdigotos. E olha que almocei cedo. Troquei o pé de apoio. Esquerda direita, troca de novo e a fila castiga os pés! Esquerda, direita. O celular do bolso da calça foi para a jaqueta, da jaqueta para a calça novamente, um livro aqui até de pé seria interessante. Lá vai uma moça com salto alto. Que alarmezinho bem chato, fila, senha 45, senha 46, 47, 48. Qual a minha mesmo? Fila, fila, fila. Olha a roupa daquela mulher, nossa lá no centro da cidade eu a veria vindo. Olha essa eu casava que loucura que rosto de, de, de sei lá, uma musa vai passar aqui é de casar. Pena não trazer os fones para curtir um som, só no celular dói os olhos. Falta menos do que faltava, como não se sentir um número aqui? Estou feito um robô?! O cara do caixa vai sair! Sabe Deus quando volta.

...

Mas nem umas cadeiras pelo menos para os 10 primeiros da fila. Bom já estou entre o top 10. De onde será este cara, um advogado não entra em fila, político também não. Todo engravatado ih! Vai ver é assaltante de banco, às vezes eles se vestem bem para não causar suspeita, tá vai ver é um despachante ou contador metido a besta que comprou este traje em um brechó. Tem vento lá fora, por que em banco nunca tem criança? Lá vem a moça do salto alto. Já dá para contar nos dedos. Senha 55 vou tirar o cheque da mochila. Nossa é tanto papel, anotação, caneta, lembrete, carta para pôr no correio, dinheiro para passar na ferragem, ufa! 57 só mais um ihhh! O cara foi lá para dentro volta, volta logo, ai ai nossa o cara está com um monte de papel, vou ficar aqui até as 14 h e este do meu lado com cara de nerd ? Por que não me chama? Na outra fila um cara batucando está me irritando eba! Eu. Cheque, documento ele carimba organiza, passa tecla, me olha rapidamente paga ehehehee!!! Estou descendo, estou descendo, aqui já está mais quente, estou saindo ufa! Saí. Saí da fila. Liberdade, ar, brisa.

Último frio

O café estava presente, a mesa posta, a TV vociferava novidades atrasadas e alarmantes, ela já tinha acordado, ele nem dormiu.

Tomou um rápido banho. Vestiu-se, protegeu-se.

Estou indo.

Ok.

Está frio lá fora? Perguntou ela.

Está

Está sim, ventania.

Está frio desde ontem.

Desde antes de ontem, desde a semana passada, do mês passado, desde o ano passado.

Está frio, muito frio falou ele.

Début cego

Disseram que o Agulha tem de tudo naquela cela, mas sei lá o quê, ventilador de teto, falaram que TV de led smart 4K, vai chegar um dia, já pensou aquele merda do Agulha vendo a copa numa TV destas fininhas?! Mas é o patrão né, os *homi*? Bom, quanto será que ele tá pagando pra eles? Na verdade, só quero sair daqui desta merda fedida com estes loco, não sou bandido, mas tô aí me ferrei, caí, que merda.

Contagem.

Revista.

Que vento vem do corredor em dia de revista.

O mocorongo do Coelho, peidando feito um porco, e o Zé Boleta, roncando feito um trator, não me deixam dormir, hoje foi eu, o Calinhos ontem, sempre tem um neste caixão que não consegue dormir.

Já pensou o café da manhã dele? Passadinho na hora, mas sem ser na meia, no papelzinho, cacetinho, manteiga, leite, doce, requeijão.

Requeijão.

Agora que me lembro.

Foi na casa do *playboy* do Diogo Carré, foi sim, acho que a primeira vez que fiquei chapado de erva, a coisa, até então, nem dava brilho, era só para aparecer, não ficar de fora, lembro que a casa dele era grande, tu entrava, era uma sala gigante acoplada com a cozinha, tinha até aqueles troço em cima do fogão pra puxar vapor, à esquerda tinha uma escada que dava para os quartos, o do Diogo era sem porta, dava para ver toda a casa lá de cima, ele já tinha até computador. O dos pais dele tinha porta, era mais escondido, mas pelo que me lembro dava para frente, com sacada e tudo.

Eles tinham uma mesinha só para os controles, vê se pode, coisa de *boy*, me lembro que tava com o Bi, ele que fez a mão do fumo, daí sabe né, quem busca tem o direito de fechar a coisa e acender o cheiroso, isso é lei e não se *discuti*, mas eu tinha o papel, então era o segundo, o trouxa do Diogo vinha depois.

Fumamos, a coisa era boa, o Bi tinha arrego com o João da boca dos Munáia, sempre conseguia coisa boa, sem semente, resumindo, que não fosse palha.

Daí, depois que ficamos molengos e quietos no sofazão da sala do pai do Diogo, sei lá o que ele falou que caímos em cima dele, *rachamo* o bico de tanto rir, bom guri novo né, debochamos dele até dizer chega, se fosse hoje diriam que é *bullying*, na verdade eu também era guri novo, só que não um *playboy* e ficava de boca calada, só olhando, só no bico, tava com dor de barriga de tanto rir da cara do trouxa, foi aí que deu fome, a larica apertou, já tinha passado um tempo que acabara a coisa, ficou só a ponta, que o Bi deu um jeito de sumir, é claro.

O Diogo disse que tinha iogurte na geladeira tava loco para trocar de papo, ofereceu pra nós.

Pra quê!

Já na mesa, eu peguei ligeiro um pão, e dei uma risada dizendo:

Já era, falei ainda. Tá e aí *playboy* não tem nada pra *misturá* no pão, vai me oferecer pão seco?

O Diogo foi na geladeira, que era grande, uma espaçonave, e me lançou um vidro de requeijão. Selado.

Abri, com uma colher coloquei no pão, de forma que o que coloquei na boca tivesse mais requeijão que pão, escorreu pelos dedos.

O *loki* ficou furioso porque eu tinha limpado o pote. Eu pensei, é *playboy* mesmo que se foda ele. Não me lembro de ter ido à casa dele de novo.

Depois eu sempre queria comer ou tomar alguma coisa boa, gostosa depois de *fumá*. Depois de cheirar. Depois de se empedrar.

É! Acho que foi naquele momento que começou essa minha tara.

Foi ali que tudo teve fim.

Palhaços são todos

O palhaço se refaz, é dia, a maquiagem reflete o não sabido, se limpa do que lhe atribuem.

Voa sobre a lona dos despejos. Agora lampejo de si, caminha, tem como palco o anonimato, flerta com a cidade.

Anda, anda, anda, tropeça numa mãe extremosa e seus filhos, volta a ser palhaço para agradar aqueles inocentes, abduzir sorrisos e olhares brilhantes, mas no fundo de si tem um olhar cansado.

A TV, esta sempre foi o picadeiro real, mas agora outros já perceberam esta fantasia, nunca irá para TV esta é a mais pinicante verdade.

Terno, gravata a tiracolo, um advogado se formou, mas não atuou na ribalta das leis.

Prêmio de fantasia do ano, da década, o palhaço é o arauto da fantasia, mas de cores sua vida não tem primazia.

Alado, pois sempre teve pensamentos profundos e que quebravam a conexão com o mundo voando e serpenteando nos ares das ideias, sua mãe lhe chamava de distraído, e lhe dava tapas na cabeça, continua, anda, adorava andar, preferia a andar de carro, com fones de ouvido então a viagem estava completa. Um pairar sobre leves brisas pousou na esquina.

Perplexo, é um acidente!

Cadê a ambulância?

Quase desmaia. Em muitos rostos, voltou a ser palhaço naquele tumulto.

O vento quente e onisciente estaciona.

Cambaleante, não tem mais o riso estridente colado na alma.

O acidente é cicatriz, é mutilação, é impedimento.

Tem afazeres, lazeres, queria ter beberes, beber, beber.

O bar é o circo travestido agora, não luzido, mas embebido de bobagens, lá também é circo.

No copo cada ranhura mostra novos palhaços enrugados, mascarados, mascarados, mascarados.

O dia acabou o palhaço se faz.

É noite e as luzes ditam:

É hora de ser feliz, é hora de ser alegre no picadeiro do copo.

Hahahahhahahahahahhha!

Construção interrompida

Sentiu a brisa, era primavera, mas o dia nublado mentia esta realidade, parou seu fluxo vibrante de afazeres, afinal tinha há pouco casado, tudo é novo e organizar é palavra de ordem.

Pequenos detalhes que juntos fortificavam seu olhar cansado, mas não era só esta cor que a Íris possuía, uma alegria contida como que resguardada, um farol baixo pronto para ser alto, era assim seu olhar.

Via o movimentar das roupas no varal interagido com os ventos, que mudaram entre os turnos, ele sempre no celular, depois do almoço, a tarde era madura, como a grama que havia plantado.

Não tinha companhia agora, mas ele esquecera o celular, que tocou e estava estampada na tela outra, não ela. Estava só, ele foi trabalhar. Resolveu soltar o que estava preso naquela pia de cozinha, era mais que um pano de pratos. O fogão brilhava, repousava na mesa uma ordem quase geométrica escarrada em um pedaço de papel, compre pão e queijo.

Andou lentamente sem sentir que andava, chegou até a porta e foi tomado daquela luz tensa que só um dia nublado pode dar. A brisa era uma turista, vinha quando queria, motivando seus pensamentos, entrando e embaralhando o que na mente fervia.

Olhou ao redor, era sua casa! Era tudo seu.

Depois que sua cabeça, feito o planeta, parou a rotação, inseriu-se naquela grama, que ele plantou, sua cor era como um símbolo do que as pessoas desejavam para o casal, densamente verde, esperançosa, foram muitos votos, desejos de alegrias, cumplicidade, amor sem traição, enfim eternidade.

Pensou quantos seres habitavam naquele jardim, sustentados pela grama, pelo verde, quantos universos, quantas vontades em comunhão, em ordem, não numérica, pois números são coisa de seres humanos, com certo respeito e hierarquia, seus olhos agora eram câmeras de cinema espiando com a imaginação em que não pode a certeza construir ideais.

Pensou também nas folhas da grama, deveriam ser tristes, pois as árvores as perdem pelo ciclo da vida, ou seja, caem por caírem, a grama não, ela é cortada, impedida de crescer por nós e nossas máquinas de cortar grama, barulhentas, estridentes! A grama parecia um roqueiro que não podia alongar seus cabelos, era triste.

A lente de seu olhar se retraiu como de uma câmera, percebeu um tijolo intruso naquela paisagem tão bela, tão sua.

O tijolo, o tijolo. Estava suando agora, coçou a orelha sentiu uma dor antiga no pé, olhou para a esquerda olhou para a direita, foi saciar uma cede repentina, tomou a água na torneira mesmo rapidamente, afoitamente.

Voltou a ficar sob a porta, o tijolo ali inteiro, rosado, chamativo, ele tinha que sair dali.

Colocou suas pernas a serviço da procura de um martelo, sim só um martelo retiraria aquela anomalia de seu belo jardim, sedenta depois de muito procurá-lo, achou.

Pisou no terreno fofo do jardim sem perceber, só via o tijolo e ele de agora em diante só veria a selvagem movimentação de um corpo, o braço e o martelo eram agora um só corpo.

Que batia, trincava que fazia hiatos, que amassava, quebrava, triturava.

Com uma pá sob seu poder juntou os cacos enfarinhados e rubros do que um dia foram um tijolo uma construção, e os colocou na rua, desconfiado e olhando para os lados, mas colocou bem longe de sua casa e de sua grama verde linda e uniforme.

Futuro do país

A manhã era vivente, sorridente, previa um dia repleto de luz, mas não confundi este estado inicial com felicidade ou algo do gênero, apenas um turbilhão de tudo que podia acontecer em um dia me tomava com esperança rara.

O café ressaltava um raio de sol que perdido transitava na fresta da janela, tomar banho, estava fresco, pensei em agasalho, exagero, assaltou-me a ideia, o café esfriava enquanto juntava meus acessórios que montavam um rito todo meu, que por morar sozinho era respeitado e mantido, uma vez que outra era ameaçado por umas doses a mais na madrugada, mas esta estática rotina me dava o aval para a loucura.

Escovar os dentes, direita, esquerda, língua, fundos. Água, toalha, roupa.

O trabalho não distante de casa facilitava meus lençóis de farras e atrasos, por mais que queimado eu nunca era notado como o mais atrasado.

A chave, o fechar da janela acima do fogão, desligar o rádio que me colocava entre a irritação e as notícias do mundo, escurecer a casa, a cada passo decidido em direção à rua, um ato de segurança que era celeiro para minhas divagações matutinas, na maioria das vezes sob a tormenta do mau humor.

Espelho rápido e pequeno estacionar o olhar... passos completos. Ligar o alarme.

A porta percebe minha euforia, o sol me recebe, a rua abre seus braços, somente o portão é o obstáculo, é estranho lembrar-se de Carruagens de Fogo numa hora destas...

A calçada mostra traços que a madrugada deixou: um odor de cerveja derramada, logo na frente da minha casa! Bem, talvez tenha sido eu! Impossível não rir.

A padaria da esquina consegue dar eco a sua produção de pães, mas meu regime já começou! E devo resistir. Começa o inevitável acenar para os vizinhos e conhecidos de alvorecer, pessoas que saem pela manhã para trabalhar e contribuem para que este país ande, eu não sei bem para onde, mas que ele está andando está.

Enquanto trocava de calçada, me lembrei da professora Josefa, era uma entusiasta do Brasil. Volta e meia estava discutindo fórmulas para o desenvolvimento da nação dentro da sala de aula, a fim de que todos opinassem e contribuíssem pelo menos na utópica construção de uma consciência coletiva nacional coerente e com garra, e que nós fôssemos esta consciência, bem eu só fui entender este detalhe anos depois, mas tudo bem, talvez porque tenha começado a ouvir Punk Hard Core, nesta mesma época e este drinque de pensamento crítico sobre os tapetes da nação com suas vassouras corruptas era o sinal vermelho de um povo inteiro, grande professora, por qual esquina deve andar?

Ela tinha uma frase que vociferava em momentos de grande excitação, seja para amplificar nosso senso de disciplina ou dentro de uma discussão quente sobre política, dizia com fervor que nós éramos o futuro da nação.

É o futuro da nação! Daí partia todo o tipo de assunto articulado da forma que ela queria e nós entendíamos.

Tempo bom que eu não tinha que questionar estes sapatos, esta calça, as calçadas da cidade eram membros do meu corpo imaginário, em que o mundo era o destino de um andarilho que não era eu, mas que me espelhava com veemência, é como se tocasse este projeto sentindo as valetas de minhas impressões.

Ao festejar a lembrança e cada loucura que fiz, nascia um prazer pendular que como um pequeno vício me hipnotizava e me fazia dependente, pois era o alicerce do que sou agora.

Mas uma nuvem pequena e burguesa acende o farol dos confortos, das Coca-Colas almofadadas em frente a enlatados televisivos de segunda, vendidos para mim como clássicos, confundindo minhas memórias de fraternidade plantadas por mãos católicas e bem-intencionadas.

Resumindo. O que eu daria por estar neste carro dirigindo, sem ter que escutar estes *funks* sem rosto. O futuro da nação!

Já estou a três quadras, o futuro da nação está indo trabalhar na repartição.

O vento soca-me na próxima esquina.

De repente.

Eles dobraram a esquina, eles tomaram a calçada, a mãe enorme quase o dobro de mim amparava sua barriga juntamente com os peitos sucumbidos, cansados de muito dar leite para os sete filhos que ali estavam galgando passos e disputando sua atenção. Vi de longe que ela vestia a camiseta promocional de algum político com o sorriso falante, a pele preta como uma identidade, diminui o passo.

A menina da ponta, já não consigo saber se era a do meio ou direita, conduzia um outro menor com uma camisa que servia de segurança para um bico que carcomido deve ter servido para os outros, já quase criando vida fazendo parte da família, de pés descalços, o da esquerda era o maior pelo menos em estatura se vestia ou tentava como um *rapper*, mas duvido que tivesse mais que oito anos, suas canelas se perdiam na bermuda larga e desbotada, carregava uma sacola descomunal com roupas coloridas, à medida que me aproximava, uma das mais magras também aproximava o ranho gosmento capturado no nariz para a boca, ela tinha olhos grandes ao contrário de todos os demais e da mãe também, vi que era a mais clara entre a turba de enxovalhamento que tomou conta do que entendia como família, sim era uma família.

Eu só conseguia me lembrar selvagemente de uma frase: O futuro do país, o futuro do país.

Na idade de um deles eu ouvia a professora falar que eu era o futuro do país, era e não sabia, eu agora não podia passar, obstruído, parei o andar perplexo, o futuro do país não me deixou passar.

Espinha daninha

A manhã iniciada, a cama em desalinho, o relógio foi desligado pela mãe que apressada desde o primeiro passo já entrava no banho, era uma casa simples, mas confortável em um bairro de classe média da cidade.

A preguiça do garoto de 15 anos era latente e o impossibilitava de saborear o sol que tocava as nuvens, mas não a sua casa, olhou para a mochila previamente pronta desde sexta, lá ela tinha sido aposentada, e despertaria com um simples olhar de segunda. Sim segunda para ele tinha olhar, bafo e fedor, um derrubar de utensílios de toalete o despertara para fora desta reflexão letárgica, era hora já.

Sua mãe o lembrava que era hora de acordar.

Moveu-se lentamente estendendo os braços em um espreguiçar lento, depois que sentiu frio tentou aconchegar os braços esfregando--os, ouviu a chaleira ferver e o aroma do café seduzia não só quem estivesse na cozinha, mas todos.

Enfim entrou no banheiro e urinou, coçou a cabeça, bocejou, e olhou para o box a fim de tomar seu banho, enquanto isso sua mãe colocou meio corpo para dentro do banheiro e falou.

– Hoje irei me atrasar para te apanhar na saída da escola.

E ela continuou explicando os motivos de seu possível atraso, já que tinha ouvido o recado principal, já não estava prestando a atenção cem por cento, e sabia disto, mas lembrar que a Julinha estaria de volta na aula hoje era muito melhor. Começou a imaginar seu cabelo voando por causa dos movimentos no vôlei, lembrou que ela poderia vir com aquela blusinha rosa decotada provocando todos seus poros como da última vez que a viu, foi mais além, pensou nela como algo mais, pensou em beijá-la no recreio.

Sentiu algo crescer e cresceu, mas já não dava mais tempo, sua mãe batia a porta.

Deu atenção para ela, pois o sol era partidário de seus avisos já batia na janela do banheiro, tinha que sair do banho e terminar sua higiene na pia e depois comer algo, o bom e velho café da manhã.

Pegou a toalha e se secou, agora com a destreza filha da ansiedade, menos no rosto onde se lembrara que as espinhas eram um ser ruim em seu rosto-universo e que o atormentava várias vezes e deixava seu rosto sensível, então apenas apertou a toalha já umedecida no rosto várias vezes lentamente.

Lembrou da festa do Leo que não quis ir, melhor, não pôde ir por causa daquela espinha astronômica na ponta do nariz. O que as gurias da frente iriam dizer e o João aquele arriado? Sentiu-se mal, queria ter ido, se sentiu dividido e bravo.

Num movimento automático foi ao espelho olhar as malditas espinhas, já com a mão subindo ao rosto, a surpresa.

Olhou firmemente para o espelho, tinha algo errado com ele, com seu rosto, mas um olhar firme e concentrado mostrou que havia algo de errado com ele, um volume em forma arredondada distorcia a imagem.

Foi correndo para o espelho da sala, olhar, nada, o estranho fenômeno acontecia somente no espelho do banheiro correu de volta, via seu semblante transtornado, mas não entendia, tocou, sentiu, era como se o espelho estivesse vivo, como se o espelho tivesse uma espinha.

Chamou a mãe, que veio correndo e brava, pois o atraso já era grande.

Diante do olhar assustado de Pedro a mãe piscava esfregando os olhos, mas não conseguia falar, levou a mão no que o garoto chamou de espinha do espelho, sentiu a superfície incomum, e deu um passo rápido para trás.

Agora estavam todos ali parados paralisados como imagens presas a uma só forma sem movimento, realmente parados, na frente de um estranho espelho.

Naquele dia não saíram, não foram trabalhar ou para escola, não foram a lugar algum.

Escravo da esquina

O apito, instrumento de trabalho gota no mar do caos.

A cidade, sua mesa e pão, não pensava assim, mas sabia sentir assim. Carros, carros, fiscalizar ou tentar dizer que fiscaliza, até dar a hora de sair, uma ilusão necessária, abortar o nascimento do explosivo vai e vem motorizado desenfreado, dar rumo ao caos, organizar, fiscalizar.

Há vai e vem até mesmo na minha vida. Pensava, lembrando de quantas vezes pediu, até por escrito, a um colega para lhe dividir o gás carbônico da esquina desta rua com o nome apagado na placa. Sentia-se apagado também, ali sozinho com o vento, não do entardecer romântico que via estampado no agir dos alunos saindo do colégio em direção à liberdade, mas sim um vento estuprante dos carros e motos anônimos.

O apito. É tarde, hoje ninguém me pediu informações.

O apito. É hora de guardá-lo assim calado.

É hora de ir.

Ir.

Olhar de menino

Sentava sempre que podia na esquina, ali ficava sem do tempo querer saber. Era uma laje à beira da avenida que combinava com os dias, ora frios ora violentos.

Era a laje um bueiro que misteriosamente não cheirava, esquecia-se que era um bueiro, era mais.

Um carro prateado devagar, importados, nacionais, caindo aos pedaços, outros polidos brilhantes, um caminhão a toda, aqueles olhos a perseguir, o cabelo desleixado, a sentir a cabeça longe do pescoço.

Outro dia e mais outro, até desconfiava que a qualquer hora fosse descoberto, não poderia enganar o padrasto assim tão fácil, daí seria um problemão, um problemão, lembrou que tinha bunda e que ela era sensível às chineladas dele. Da outra vez que lembrou dela ficou recordando uma semana toda.

Não te quero naquele bueiro da esquina! Perto da vila do sapo ali só tem marginal maconheiro!

Por lembrar do tempo, lembrou-se do acidente do mês passado, o Escort conversível que derrubou o poste, o cara era chamado de Apache, mesmo nome do tal carro dele, ou da montadora, levantou os dois ombros e se perguntou sussurrando:

Por que será?

Pensou que poderia ter um apelido também.

Resolveu ir ver se na grama, perto do fio da avenida, havia alguma ferragem ou pedaço do carro batido. Levantou, quase automático, seguiu a trilha que as bicicletas escreviam no barro, olhou para os dois lados.

Cuidado ao atravessar a avenida. Ecoou anônima em sua ideia a frase.

Atravessou correndo, com olhos vivos procurava o que significaria morte, mas não para ele, ali tão ligado à avenida e seu movimento, seu vai e vêm constante, sem nomes sem rostos, só carros, ônibus, caminhonetes caminhões.

Levou a mão no mato rasteiro, nada. Com a cabeça baixa correu com os olhos também aquela área, olhou o poste novo recolocado vários dias após o acidente, começou a procurar, agora, com o pé, mas já sem vontade. Deixou-se levar pelo chamado que os carros faziam deslocando o ar, olhou para a avenida, olhou para os lados. Parou.

É um vento artificial este dos carros, não é natural.

Quando olhou a sua esquerda, encontrou no mesmo nível da estreita avenida, com cara de rodovia, uma casa velha e seu dono tão velho quanto, que olhava sentado à beira da avenida, ao movimento tinha os olhos perseguidores, acompanhava os carros como que por intuição, o velho tinha várias roupas no corpo, uma por cima da outra, não reparou mais na casa, somente no velho, sua determinação, em acompanhar o mexer da avenida, sua fraqueza, seu estado ali paralítico. Depois já não reparou no velho como um todo, mas sim em seus olhos negros, tão vazios, como eram para ele os rostos que via nos ônibus e nos carros. Mas eram olhos profundos, como a morte.

Sentiu a mão adormecer no poste, retirou-a, virou-se para os dois lados lentamente como que acordando, atravessou. O sol voltou estava ausente escondido rumou para casa, naquela hora, queria ter um carro para voltar, queria ser rápido, já não queria ficar ali sentado.

Aquela foi à última visita à laje na beira da avenida na boca da sua rua.

Calçada carnal

Eles vinham, em sentidos opostos, como opostos eram suas roupas, vinham com olhares perdidos dispostos em acolá, eles eram.

Ela torpe por diferenciar-se no vestir, a saia negra que o vento movia com fluidez, traçando assim a expansão daquela face dolorida. As mãos cheias de livros mais indesejados que imaginados, misturados com canetas cansadas em uma pasta rabiscada. Assim bem rente ao que nela se formava e crescia a cada dia, no peito que se pronunciava bem mais à cada noite. Se os longos fios falassem, saberiam todos que conflitos vertem pelas raízes e que lá ainda são naturais, já que as pontas combinam com o vestido, com a blusa, com o tênis, com os olhos e os olhares.

Ele firme por querer igualar-se no flertar com o que não concorda, rendeu-se a sapatos apertados e gravatas tão simbólicas quanto os colarinhos que as sustentam, de calça justa, que traduz os pensamentos mais cerceados ainda, por não caberem naquele rosto machucado por uma rotina de gilete forçada com preço de personalidade comprada e programada, para todo dia dizer sim.

Já podado o curto cabelo reclama por hoje sentir a liberdade somente abaixo da raiz, já fora cabeludo e ao som do Metal libertava as madeixas.

Devagar os passos sincronizaram-se e os olhares pousaram na atmosfera rara e rápida deste flerte. Os múltiplos se convergem e as bocas se abrem para manter os segundos.

A pasta cai até a cintura e a gravata se abre num esforço libertário.

Um só corpo dá os passos seguidos por estridente motocicleta rápida estuprando a cena.

Eles que vinham, partem, e já são a sequência da calçada que se esfria vazia e sem marcas.

Maquiagem

Tu sempre vens e te sentas como se já não soubesse, mas vens, até de óculos ou de olhos fechados, tu sempre vens para retocar a maquiagem. Sem esta dívida reflexível correspondo ao teu gosto, e se não pedes por palavras, e fala pouco, apenas senta na poltrona e cala-te. Dou-te luz aos olhos e brilho maior aos cabelos, ação, és minha estrela maior e cliente preferencial, proporciono a ti somente o que de melhor há, produtos de ponta, papa fina, produtos de longe, máscaras diversas, coloridas com formas pré-formatadas ou com disfarce dentro de outro disfarce, outras até analgésicas boas para aliviar a dor de se olhar ao espelho a cada novo roxo, um luxo minha obra.

Mas gostas mesmo que eu ao trabalhar te fale destes cosméticos, falo para ti das bulas a posologia, e os cuidados, mas sempre para evitar transtornos, sonego da conversa o nome, quando muito na beira de um transtorno fantasio impróprias combinações de letras, depois me dói rir e ver que acreditou.

Os fabricantes estes, sim, nem de brincadeira conto, mas notei cada vez menos o teu indagar, assim como que num jogo de xadrez me questionando por bilaterais caminhos numa febre desconfiada, não me perguntas mais nada, realmente perdeu a graça.

Levanto-te a moral, o semblante, e sei que muitos que querem na verdade estar neste lugar alto, querem estragar nossa amizade verdadeira mesmo que cifrada, dizem que nossa arte se chama conivência ou que te cobro muito caro... Mas advirto meus fregueses, a todos dou o que me pedem, tu, por exemplo, sempre foste organizada quanto a pedir, mira o queixo no progresso, ora quem sou para diminuir tua estrela? És especial, pois acredito que não és uma só estrela, mas várias, em uma, algumas tendem a brilhar mais que meus penteados, trato de enegrecer o céu para que isso não aconteça, mas são várias estrelas umas dentro das outras.

Gosto muito quando te vestes de amarelo e verde ou com aquele teu terno azul e branco com as estrelas combinando dentro do azul,

Acho que foi daí que imaginei as estrelas, mas...

Sei que com qualquer outro tens problemas de cima a baixo, mas também sei que minha maquiagem te alegra e esquece das celeumas que congestionam teu sono às margens da cama plácida. Ah! Eu sei também que a que mais gosta é a máscara de purpurina, ah! A alegoria de fevereiro até posa para *books* em outros países com esta maquiagem, esta sim tu adoras, em outros meses mais corriqueiros tenho relaxado e o responsável és tu meu arrimo do bolso, me deixa frouxo diante do bom trabalho que faço, ficas calada, calada.

Mesmo assim és bela. Realmente tu és bela, mas quem sou eu para te dizer isso? Não posso perder minha freguesa especial, afinal eu só dou um toque final nesta verdade, de mais a mais, tu é que tens que ver que és bela.

Prêmio para o Prêmio

Tirei mais uma lasca do prêmio, o carro da família, não sabíamos, mas depois engendramos na mente que ele era quase como um irmão, parte de nós, e nós o usamos.

O pai já não tinha dinheiro para atualizar os impostos, IPVA, essas coisas, os papéis, então era um fantasma que só saía à noite, ou em um domingo deserto, para que a polícia em suas batidas inesperadas não o levasse.

O pai dizia que se isso acontecesse ia entregá-lo e sair a pé mandando os policiais pro inferno, sabia que não teria dinheiro para resgatá-lo.

Pobre da vila, mas trabalhador é assim mesmo, tem que se virar para ter alguma coisa na vida.

Como todo mundo da família, ele também tinha um lado bom, apesar de ser sempre vilipendiado e xingado por nos deixar no meio do caminho, tinha ar-condicionado, nosso prêmio por suportar verões escaldantes rodando por aí.

Chegar aonde quer que fosse não era o divertido para uma criança como eu, o legal era ir. Sofria com o calor, mas o legal era sair da mesmice. Uma das pás da saída de ar fazia o frio bater na janela e vir direto no meu rosto, aquele vento cessava meu choro desde cedo. Resfriava minhas queimaduras de algum abuso praieiro.

Depois de uma tarde completa de sol e mar, adormecia-me, lambia minhas dúvidas de guri, e acalmava minha compulsão por mexer nas primeiras espinhas.

Suas quatro portas sempre pareciam um paraíso se abrindo, mesmo quando as primeiras deteriorações começaram com a letra C do Prêmio CSL, caiu, lembro que o pai só olhou e juntou, colocou no bolso e depois no armário da garagem, para por último desaparecer.

Uma vez fui a um médico com a mãe. Lá tinha ar-condicionado, mas não era igual ao Prêmio.

A ferrugem deu boas-vindas, e nós avisamos o pai, assim como os buracos no estofado que escondiam as nossas moedas eram um buraco negro como dos filmes, o pai pouco fazia e dizia:

No fim do mês eu mando arrumar.

Comecei a sentir vergonha de andar com ele pelo bairro, mesmo que isso já fosse raridade, minha última traquinagem foi gastar toda gasolina que restava no tanque só para ficar com o ar ligado, foi uma tarde inteira entre banhos de mangueira e minutos dentro do carro. O castigo foi longo, o pai e a mãe ficaram furiosos.

Certo dia, depois de muitas reclamações nossas, o pai cedeu e concordou em irmos ao Laguinho, lugar no interior onde muita gente ia se refrescar no verão.

Um dia clássico, churrasco nas árvores, futebol, banhos, escorregão, brigas do pai e da mãe, risadas, tudo.

Era hora de ir embora, o Fiat não queria pegar, parecia prever o que se revelaria nos próximos quilômetros. Mas pegou, empurrando, é claro.

Na estrada avistamos à frente, logo atrás de uns arbustos, uma caminhonete da Polícia Rodoviária, gelamos mais que o ar que funcionava bravamente.

Coloquei a mão na cabeça, o policial mandou parar e encostar.

Documentos, por favor, cidadão. O pai lentamente pegou uma carteira desmerecida pelo sol e pelo roçar de objetos de dentro do porta-luvas e saiu do carro. Ouvimos.

Não mandei o senhor sair do carro cidadão.

Então falou o pai.

Sabe o que é policial...

Foi a última coisa que ouvimos o pai falar antes de ouvir:

Mãe, pega o Alex e as coisas.

Ficamos ali esperando o agente da lei fazer um calhamaço de fichas, e esperando o guincho.

Mesmo com a presença gritante porém calada de nossos olhares, o policial não atendeu aos pedidos do pai, e fomos até uma parada de ônibus, a pé.

Eu tinha 15 anos, e o verão acabou ali.

Skate filosófico

Em homenagem a Gabriel Porto

Era quente, mas o nublado do dia não impedia uma aventura de pai e filho, andar de skate na nova rua asfaltada do bairro. No caminho Yuri disse que estava ansioso para testar o skate novo, esse era mais profissional que o primeiro, que desgastado repousava na garagem já não suportava as peripécias de Yuri que queria poder voar mais alto e o modelo infanto não tinha asas.

A rua exalava um leve odor de piche e havia rebarbas e restos de pedregulhos e brita nos cantos seu asfalto novo ainda era novidade no bairro e se justificava pois um grande condomínio estava sendo construído na parte superior da rua, as casas deveriam ficar bonitas pensou Gabriel um lugar alto dá para ver o oceano, ou seja, supervalorizado.

Era perto de casa, mas a caminhada a pé pediu um generoso gole de água de Yuri que foi louvado por Gabriel.

Vamos derreter essas rodinhas!

O novo brinquedo era mais sensível andava com mais destreza o que gerou um pouco de medo em ambos mas nada que a mão firme de um pai não resolvesse o problema, aquela conexão era tão valorizada que Gabriel olhou o efeito das mãos sobrepostas a sua adulta carregada de histórias idas e vindas e tantos afazeres e a de Yuri pequena, nova, macia e tão dependente da dele.

A rua agora pista tinha uma leve inclinação o que gerava uma velocidade acentuada ao seu final, ou seja, emoção. Mas cada ida gerava uma volta lomba acima, e por sua vez nasciam pausas para água ou o celular, repreendido por Gabriel que usou o artifício do abraço apertado para desarraigá-lo do equipamento e curtir o momento, uma brincadeira só deles Yuri tinha de se desvencilhar do abraço do pai e a risada era uma recompensa cativante e certa.

De volta às manobras radicais ou a tentativa delas, o calor diminuía naquele fim de tarde regado de brisas leves que tocavam os dois envoltos como um só na diversão do desafio de equilibrar-se no skate.

Mais uma descida, Gabriel arrisca um Manual usando a caída, ao final ele incentiva o filho a fazer também a tentativa acontece mas em menor escala e o skate voa para a grama e a risada acontece preenchendo o lugar.

Bate aí.

E o tempo passa sem saber ser percebido entre risadas, brincadeiras e carinhos envoltos na comunhão de pai e filho.

Mas em uma descida um novo personagem toma a cena, uma brita que se soltou da emulsão asfáltica tranca a rodinha do skate e Yuri cai com as mãos ao chão em um reflexo óbvio de defesa porém causando arranhões nas duas mãos na esquerda o sangue apareceu sem ser convidado.

Imprimindo passos mais rápidos Gabriel vai ao encontro do filho em um pré-choro e o atende com sentimento medicinal. O algoz, o pedregulho foi logo avistado por ele e uma estratégia para acalmar o menino já era montada.

Calma está tudo bem, vamos passar água da garrafa para limpar e tirar este sangue, não foi nada já vai passar.

Para não decepcionar o pai, Yuri engole o choro alto e o resume a uma lágrima solitária que escorre lentamente no rosto. Depois o breve atendimento Gabriel explica o que aconteceu evidenciando que a brita foi a causa do desastre.

Com a diminuta gravidade evidenciada, Gabriel tenta colocar em atividade sua estratégia de dissuadir a dor da queda.

Filho tinha um poeta que disse que tinha uma pedra no meio do caminho, e elas vão sempre existir na nossa vida.

O olhar entre o dengo e a sofreguidão se voltaram para o pai, resumindo todos os sentidos e orbitando Gabriel.

Existiu outro grande homem, pode se dizer assim, que disse que a pedra neste caso é a dificuldade e com ela devemos aprender, pois ela faz parte da vida do homem.

Estou entendendo. Mas dói!

Eu sei, mas é ela positiva porque tu queria aprender a andar de skate não é? Esta vontade pode doer, mas sem esta vontade pode causar dor até que tu consiga aprender a andar sem cair.

Não sei se entendi bem, mas ok.

Naquele momento as nuvens seguiram novo rumo e nas ruas do céu um sol entre o âmbar e o vivido transitava sobre o cenário cândido banhando os atores daquela cena amorosa.

Aquele firmamento aberto agora sem nuvens foi o pano de fundo para a decisão final daquela tarde.

Vamos para casa, é hora de seguirmos.

Agradecimentos

Agradeço a Janice Hanel pela parceria;
Roberta Pedroso pela chama no caminho;
e ao amigo Leandro Martins.

Albergue dos Ventos - Imagens

Ventos Revoltosos

Outros Ventos

Brisas

Ventos Anônimos
Elisa de Freitas Kisner

Este livro foi confeccionado especialmente para a
Editora Meridional Ltda, em Liberation Serif, 10,4 e
impresso na Gráfica Noschang.